魯質軒輯

# 杜工部詩話集錦

中華書局印行

# 序

我們中國的詩，自三百篇以後，至唐代纔格律謹嚴而章法大備；有唐歷初、盛、中、晚，四箇時期，傑出詩家之多，優美作品之富，可說是超越任何朝代。其中尤以李白杜甫兩人之詩爲登峯造極而窮神入化；惟李杜雖並稱，而論者多宗杜，更尊之爲詩聖；自唐以來，讀詩者必先讀唐詩，學詩者亦必先學唐詩，更以杜詩爲學習與研究的典範，此可從流傳之詩話，窺見其消息。所有的詩話，對杜詩皆褒多而貶少，對老杜之家世、品性、意境、際遇、乃至詩之選辭用字各種的批判，往往有極精湛之創見，使後人之學詩者，對老杜之認識與了解，有很大的益處。

亡友魯質軒兄，生前曾在病中將歷來許多詩話裡，有關老杜之人與詩的評語，就其最精粹而趣味又極濃厚者，擇錄六百六十五則，命名「杜工部詩話集錦」，全書分三部，一、李杜之比，二、與諸家之比，三、評杜。蒐羅既廣，條理井然，不獨對研究詩者，可作參考資料，省去查書之煩；對初學詩者，亦具引導啓廸作用，可免擿埴索塗之苦；眞是一本極有意義與價値的書。

質軒名文，籍隸鄂省之孝感縣，其先人以詩書繼世，故在幼年，關於經史受有嚴格之基本訓練；及長，負笈舊京，入國立北京大學肄習政治，因國學之根柢深厚，選科亦以是爲主，其國學造詣，由此極爲優異；惟平日不以吟咏自矜，偶有所作，則淸新俊逸，感情充沛而饒有杜意，卽老於此道者亦歎服不已。

質軒立身處世，律己嚴，待人寬，言必信，行必果，而又具有所不爲之風度，其終身際遇，亦頗像老杜之落落寡合；畢業於北大返鄂，擔任教育工作多年，對日抗戰勝利，肇者忝長鄂省教育，承其不棄謭陋，屈就主任秘書，雖爲時不及三年，而風雨如晦，獲益良多。大陸淪陷，質軒因平日嫉惡如仇，致遭家破妻亡子女離散之痛，隻身來臺，卽爲哮喘病所苦；情緒極劣，致無心著述。先任教育廳編審委員會專任委員時，有「高中國文選」及「十八史略註釋」出版；嗣任省立臺北圖書館研究員，亦間有專論發表。本年三月十九日，病歿於榮民總醫院，享年六十有五。

這本「杜工部詩話集錦」，乃質軒在病中所作，經王德芳、張子波、嚴行威諸兄清理其遺物時發現，承中華書局劉克寰、劉紹安兩兄慨允印行，高誼隆情，均於死生契闊中見之。杜甫夢李白詩二首中，有「死別已吞聲，生別常惻惻」兩句；這篇短短的序，草成於質軒安葬之前夕，追悼良友，不知所云。民國五十六年四月十五日王文俊於臺北。

# 杜工部詩話集錦目錄

# 杜工部詩話集錦

## 一、李杜之比

宋劉攽中山詩話云：楊大年不喜杜工部詩，謂為村夫子。鄉人有強大年續杜句曰：「江漢思歸客」，楊亦屬對，鄉人徐舉「乾坤一腐儒」，楊默然，若少屈。歐公亦不甚喜杜詩，謂韓吏部絕倫。吏部於唐世文章，未嘗屈下，獨稱道李杜不已。歐貴韓而不悅子美，所不可曉；然於李白而甚賞愛，將由李白超趠飛揚為感動也。

宋魏泰臨漢隱居詩話云：元稹作李杜優劣論，先杜而後李，韓退之不以為然，詩曰：「李杜文章在，光燄萬丈長；不知羣兒愚，那用故謗傷；蚍蜉撼大樹，可笑不自量」。為微之發也。

宋周紫芝竹坡詩話云：元微之作李杜優劣論，謂太白不能窺杜甫之籓籬，況堂奧乎，唐人未嘗有此論，而稹始為之，至退之云「李杜文章在，光焰萬丈長；不知羣兒愚，那用故謗傷」，則不復為優劣矣。洪慶善作韓文辨證，著魏道輔之言，謂退之此詩為微之作也。微之雖不當自作優劣，然指稹為愚兒，豈退之之意乎？

蔡夢弼集錄杜工部草堂詩話云：王彥輔塵史曰：「世言子美卒於耒陽，故寰宇記亦載其墳其縣北二里，不知何緣得此？新唐書乃稱耒陽令遺白酒黃牛，一夕而卒，此承襲傳聞而未嘗勘實故也。得臣觀子美僑寄巴峽三歲，大曆三年二月始下峽，流寓荊南，徙泊公安，久之，方次岳陽，即四年冬末也。既過洞庭，入長沙，乃五年之春；四月遇臧玠之亂，倉皇往衡陽，抵耒陽，舟中伏枕，又畏瘴癘，復沿湘而下，故有回棹之作。其末云：『舟師煩爾送，朱夏即寒泉。』又登舟將適漢陽云：『春宅棄汝去，秋帆催客歸，』蓋回棹在夏末，此篇已入秋矣；繼之以暮秋將歸秦，留別湖南幕府親友云：『北歸衝雨雪，誰憫敝貂裘？』則子美北還之跡，見此三篇爲詳，安得卒於耒陽耶？要之，卒當在潭岳之間，秋冬之季。按元微之子美墓誌，稱子美之孫嗣業啓子美之柩襄（？），祔事於偃師，途次於荊，拜余爲誌，辭不能絕，其略係曰：『嚴武狀爲工部員外郎參謀軍事，旋又棄去，扁舟下荊楚，竟以寓卒，旅殯耒陽。』」

宋強幼安唐子西文錄云：過岳陽樓，觀杜子美詩不過四十字爾，氣象閎放，涵蓄深遠，殆與洞庭爭雄，所謂「富哉言乎」者。太白退之輩，率爲大篇，極其筆力，終不逮也。杜詩雖小而大，餘詩雖大而小。

宋張表臣珊瑚鈎詩話云：退之雙鳥詩，或云謂佛老，或云謂李杜，東坡李白贊云：「天人幾何同一漚？謫仙非謫乃其游，揮斤八極隘九州，化爲兩鳥鳴相酧，一鳴一止三千秋，開元有道爲少留，縻之不可矧肯求？」乃知李杜也。

宋葛立方韻語陽秋云：杜甫李白以詩齊名，韓退之云：「李杜文章在，光燄萬丈長。」似未易以優劣也；然杜詩思苦而語奇，李詩思疾而語豪。杜集中言李白詩甚多，如「李白斗酒詩百篇。」如「淸新庾開府，俊逸鮑參軍；何時一尊酒？重與細論文」之句，似譏其太俊快。李白論杜甫則曰：「飯顆山頭逢杜甫，頭帶笠子日卓午；爲問因何太瘦生？只爲從來作詩苦。」似譏其太愁肝腎也。杜牧云：「杜詩韓筆愁來讀，似倩麻姑癢處搔；天外鳳凰誰得髓？何人解合續弦膠？」則杜甫詩，唐朝以來，一人而已，豈白所能望耶？

韻語陽秋云：老杜詩以後，句續前二句處甚多，如喜弟觀到詩云：「待爾嗚烏鵲，抛書視鶺鴒；枝間喜不去，原上急曾經。」晴詩云：「啼鳥爭引子，鳴鶴不歸林；下食遭泥去，高飛恨久陰。」江閣臥病云：「滑憶雕胡飯，香聞錦帶羹；溜匙兼煖腹，誰欲致盃罌？」寄張山人詩云：「曹植休前輩，張芝更後身；數篇吟可老，一字買堪貧。」如此類甚多。此格起於謝靈運廬陵王墓下詩云：「延州協心許，楚老惜蘭芳；解劍竟何及？撫墳徒自傷！」

李太白詩亦時有此格，如「毛遂不墮井，曾參寧殺人？虛言誤公子，投杼感慈親」是也。

韻語陽秋云：李太白杜子美詩，皆掣鯨手也。余觀太白古風，子美偶題之篇，然後知二子之源流遠矣。李云「大雅久不作，吾衰竟誰陳？王風委蔓草，戰國多荊榛。」則知李之所得在雅。杜云「文章千古事，得失寸心知；騷人嗟不見，漢還盛於斯。」則知杜之所得在騷。然李不取建安七子，而杜獨取垂拱四傑，何邪？南皮之韻，固不足取，而王楊盧駱，亦詩人之小巧者爾；至有「不廢江河萬古流」之句褒之，豈不太甚乎？

韻語陽秋云：竹未嘗香也，而杜子美詩云：「兩洗娟娟靜，風吹細細香。」雪未嘗香也，而李白詩云：「瑤臺雪花數千點，片片吹落春風香。」

宋嚴羽滄浪詩話云：詩之極致有一曰入神，詩而入神，至矣，盡矣，蔑以加矣！惟李杜得之，他人得之蓋寡矣。又云：李杜二公正不當優劣，太白有一二妙處，子美不能道，子美有一二妙處，太白不能作。

又云：子美不能爲太白之飄逸，太白不能爲子美之沉鬱。

又云：太白夢遊天姥吟遠別離等，子美不能道；子美北征兵車行垂老別等，太白不能作，論詩以李杜爲準，挾天子以令諸侯也。

又云：少陵詩法如孫吳，太白詩法如李廣，少陵如節制之節。

又云：少陵詩，憲章漢魏，而取材於六朝；至其自得之妙，則前輩所謂集大成者也。

又云：少陵與太白，獨厚於諸公，詩中凡言太白十四處，至謂「世人皆欲殺，吾意獨憐才；」「醉眠秋共被，攜手日同行；」「三夜頻夢君，情親見君意，」其情好可想。遯齋閑覽謂二人名既相逼，不能無相忌；是以庸俗之見而度賢哲之心也。予故不得不辨。

蔡夢弼集錄杜工部草堂詩話云：鳳台王彥輔麈史曰：「古之善賦詩者，工於用人語，渾然若出於己意，予於李杜見之。顏延年赭白馬賦曰：『旦刷幽燕，晝秣荆楚。』子美驄馬行曰：『晝洗須騰涇渭深，夕趨可刷幽并夜。』太白天馬歌曰：『鷄鳴刷燕暮秣越。』蓋用顏賦也。韓退之曰：『李杜文章在，光燄萬丈長。』信哉？」

又云：莆陽鄭景韋離經曰：「李謫仙，詩中龍也，矯矯焉不受約束；杜子美則麟遊靈囿，鳳鳴朝陽，自是人間瑞物；二豪所得，殆不可以優劣論也。」

曾裘甫艇齋詩話云：「東坡黃子思詩序，論詩至李杜，字畫至顏柳，無遺巧矣；然鍾王蕭散簡遠之意，至顏柳而盡；魏晉詩人高風遠韻，至李杜而亦衰。此說最妙，大抵一盛則一衰，後世以爲盛，則古意必已衰，物物皆然，不獨詩字畫然也。」

艇齋詩話云：「李白云：『人煙寒橘柚，秋色老梧桐』，老杜云：『荒庭垂橘柚，古屋畫龍蛇』，氣燄蓋相敵。陳無已云：『寒心生蟋蟀，秋色上梧桐』，蓋出於李白也。」

宋黃帝明徹碧溪詩話云：「劍閣云『吾將罪眞宰，意欲鏟疊嶂』與太白『搥碎黃鶴樓』『剗却君山好』，語亦何異？然劍閣詩，意在削平僭竊，尊從王室，凜凜有忠義氣；搥碎剗却之語，但覺一味麤豪耳。故昔人論文字，以意爲上。」

又云：「世俗夸太白賜床調羹爲榮，力士脫靴爲勇。愚觀唐宗渠渠於白，豈眞樂道下賢者哉？其意急得艷詞媟語，以悅婦人耳。白之論撰，亦不過爲玉樓金殿鴛鴦翡翠等語，社稷蒼生何賴？就使滑稽傲世；然東方生不忘納諫，況黃屋既爲之屈乎！說者以謀謨潛密；歷考全集，愛國憂民之心如子美語，一何鮮也？力士閨闥腐庸，惟恐不當主意；挾主勢驅之，何所不可，脫靴乃其職也。自退之爲蚍蜉撼大木之喻，遂使後學吞聲。余竊謂如論其文章豪逸，眞一代偉人；如論其心術事業，可施廊廟，李杜齊名，眞忝竊也！」

又云：「柳遷南荒有云：『愁向公庭問重譯，欲投章甫作文身。』太白云：『我如鷓鴣鳥，南遷嬾北飛。』皆褊忮躁辭，非畎畝惓惓之義。杜云：『馮唐雖晚達，終冀在皇都。』『愁來有江水，安得北之朝？』其賦張曲江云：『歸老守故林，戀闕悄延頸。』乃心王室可知。

又云：「太白『辭粟臥首陽，屢空饑顏回，當代不樂飲，虛名安在哉？君不見梁王池上月，昔照梁王尊酒中；梁王已去明月在，黃鸝愁醉啼春風；明月感激眼前事，莫辭醉臥桃園東。』又『平原君安在？科斗生古池；坐客三千人，而今知有誰？君不見孔北海，英風豪氣今安在？君不見裴尙書，土墳三尺蒿藜居。』此類者尙多。愚謂雖累千萬篇，只是此意；非如少陵傷風憂國、感時觸景、忠誠激切、蓄意深遠，各有所當也。子美除草云：『草有害於人，曾何生阻脩？芒刺在我眼，焉能待高秋？』其憤邪嫉惡，欲芟夷蘊崇之以肅清王所者，懷抱可見。臨川有『勿去草，草無惡，若比世俗俗浮薄。』此方外之語，異乎農夫之務去者也。」

又云：「書史蓄胸中而氣味入於冠裾，山川歷目前而英靈助於文字，太史公南遊北涉，信非徒然。觀老杜壯遊云：『東下姑蘇台，已具浮海航；到今有遺恨，不得窮扶桑；劍池石壁仄，長洲荷芰香；嵯峨閶門北，淸廟映回塘；越女天下白，鑑湖五月涼；剡溪蘊秀異，欲罷不能忘；歸帆拂天姥，中歲貢舊鄉；放蕩齊趙間，西歸到咸陽。』其豪氣逸韻，可以想見。序太白集者，稱其隱岷山，居襄漢，南遊江淮，觀雲夢。去之齊魯，之吳，之梁，北抵趙魏燕晉，西涉岐邠，徙金陵，止潯陽，流夜郎，泛洞庭，上巫峽。白亦自序曰：『偶乘扁舟，一日千里，或遇勝景，終年不移。』其恣橫採覽，非其狂也。使二公穩坐中書，何以垂不朽如此哉？」

又云：「長慶論詩之豪者，世稱李杜，索其風雅比興，十無一焉。杜詩最多，可傳者千餘；至於貫古今，覼縷格律，盡工盡善，又過於李；然撮其新安、石壕、潼關吏、蘆子花門之章，『朱門酒肉臭，路有餓死骨』之句，亦不過三四十。杜尚如此，況其下乎。今觀杜集，憂戰伐、呼蒼生、憫瘡痍者，往往而是，豈直三四十而已哉？豈樂天未嘗熟考之耶？」

宋張戒歲寒堂詩話云：「元微之堂謂自詩人以來，未有如子美者，而復以太白爲不及，故退之云：『不知羣兒愚，那用故謗傷。』退之於李杜，但極口推尊，而未嘗優劣，此乃公論也。子美詩奄有古今，學者能識國風騷人之旨。然後知子美用意處；識漢魏詩，然後知子美遺詞處。至於掩顏謝之孤高，雜徐庾之流麗，在子美不足道耳。」

又云：「杜子美李太白韓退之三人才力，俱不可及，而就其中，退之喜崛奇之態，太白多天仙之詞；退之猶可學，太白不可及也。至於杜子美則又不然，氣吞曹劉，固無與爲敵，如放歸鄜州，而云『維時遭艱虞，朝野少暇日；顧慙恩私被，詔許歸蓬蓽。』新婚戍邊，而云『勿爲新婚念，努力事戎行；羅襦不復施，對君洗紅粧。』壯遊云：『兩宮各警蹕，萬里遙相望。』洗兵馬云：『鶴駕通宵鳳輦備，鷄鳴問寢龍樓曉。』凡此皆微而婉，正而有禮，孔子所謂『可以興，可以觀，可以羣，可以怨，邇之事父，遠之事君』者。如『刺規多諫諍，端拱自光輝』、『儉約勤王體，風流後代希』、『公若登台輔，臨危莫愛身』，乃聖賢法言，非特詩人而已。」

又云：「蘇黃門子由有云：『唐人詩當推韓杜，韓詩豪，杜詩雄；然杜之雄，亦可兼韓之豪也。』此論得之。詩文字畫，大抵從胸臆中出。子美篤於忠義，深於經術，故其詩雄而正；李太白喜任俠，喜神仙，故其詩豪而逸；退之文章侍從，故其詩文有廊廟氣。退之詩正可與太白爲敵；然二豪不並立，當屈退之第三。」

金王若虛從之滹南詩話云：「荆公云：『李白歌詩，豪放飄逸，人固莫及；然其格止於此，不知變也，至於杜甫，則發斂抑揚，疾徐縱横，無施不可，蓋其緒密而思深，非淺者所能窺，斯其所以光掩前人而後來無繼也。』而歐公云『甫之於白，得其一節而堅強過之。』是何其相反歟？然則荆公之論，天下之言也。」

明楊愼升菴詩話云：「盛弘之荆州記巫峽江水之迅云：『朝發白帝，暮到江陵，其間千二百里，雖乘奔御風，不以疾也。』杜子美詩『朝發白帝暮江陵，頃來目擊信有徵。』李太白『朝辭白帝彩雲間，千里江陵一日還；兩岸猿聲啼不盡，扁舟已過萬重山』，雖同用盛弘之語，而優劣自別，今人謂李杜不可以優劣論，此語亦太憒憒。白帝至江陵，春水盛時，行舟朝發夕至，雲飛鳥逝，不是過也，太白述之爲韻語，驚風而泣鬼神矣。太白娶江陵許氏，以江陵爲還，蓋室家所在。」

又云：「楊誠齋云：『李太白之詩，列子之御風也；杜少陵之詩，靈詞之乘桂舟駕玉車也。無待者，神於詩者與？有待而未嘗有待者，聖於詩者與？宋則東坡似太白，山谷似少陵。』徐中車云：『太白之詩，神鷹瞥漢；少陵之詩，駿馬絕塵。』二公之評，意同而語亦相近。余謂太白詩，仙翁劍客之語；少陵詩，雅士騷人之詞；比之文，太白則史記，少陵則漢書也。」

又云：「東坡謂書至於顏柳，而鍾王之法益微；詩至於李杜，而魏晉以來，高風絕塵亦稍衰矣。朱文公亦以爲然。」

又云：「李太白終始學選詩，杜子美好者亦多是效選詩，後漸放手，初年甚精細，晚年橫逸不可當。」

又云：「佩魚始於唐永徽二年，以鯉爲李也。武后天授元年改佩龜，以玄武爲龜也。杜詩『金魚換酒來』，蓋開元中復佩魚也。李白憶賀知章詩『金龜換酒處』，蓋白弱冠遇賀知章，尚在中宗朝，未改武后之制。」

明王世貞藝苑巵言云：「李於麟評詩，少見筆札，獨選唐詩序云：『唐無五言古詩，陳子昂以其古詩爲古詩，弗取也。七言古詩，唯在子美不失初唐氣格，而縱横有之；太白縱横，往往強弩之末，間雜長語，英雄欺人耳。』此段褒貶有至意。又云：『太白五七言絕句，實唐三百年一人，蓋以不用意得之，卽太白亦不自知其所至，而工者顧失焉。五言律排律，諸家概多佳句；七言律體，諸家所難，王維李頎頗臻其妙；卽子美篇什雖衆，隤焉自放矣。』余謂七言絕句，王江陵與太白爭勝毫釐，俱是神品，而於鱗不及之。王維李頎雖極風雅之致，而調不甚響；子美不無利鈍，終是上國武庫，此公地位乃爾。獻吉當於何處生活，其微意所鍾，余蓋知之，不欲盡言也。」

又云：「李杜光燄千古，人人知之，滄浪並極推尊，而不能致辨；元微之獨重子美，宋人以爲談柄；近時楊用脩爲李左袒，輕俊之士往往傳耳；要其所得，俱影響之間。五言古選體及七言歌行，太白以氣爲主，以自然爲宗，以俊逸高暢爲貴；子美以意爲主，以獨造爲宗，以奇拔沉雄爲貴。其歌行之妙，咏之使人飄揚欲仙者，太白也；使人慷慨激烈歔欷欲絕者，子美也。選體，太白多露語率語，子美多穉語累語，置之陶謝間，便覺傖父面目，乃欲使之奪曹氏父子位耶？五言律，七言歌行，子美神矣！七言律聖矣！五七言絕，太白神矣！七言歌行聖矣！五言次之。太白之七言律，子美之七言絕，皆變體，間爲之可耳，不足多法也。」

又云：「十首以前，少陵較難入；百首以後，青蓮較易厭。揚之則高華，抑之則沈實，有聲有色，有氣有骨，有味有態，濃淡深淺，奇正開闔，各極其則，吾不能不服膺少陵。」

又云：「青蓮擬古樂府，以己意己才發之，倘沿六朝舊習，不如少陵以時事創新題也。少陵自是卓識，惜不盡得本來面目耳。」

又云：「太白不成語者少，老杜不成語者多，如『無食無兒擧家聞若欬』之類。凡看二公詩，不必病其累句，不必曲爲之護，正使瑕瑜不掩，亦是大家。」

明謝榛四溟詩話云：「金鍼詩格曰：『內意欲盡其理，外意欲盡其象，內外涵蓄，方入詩格，若子美「旌旗日暖龍蛇動，宮殿風微燕雀高」是也。』此固上乘之論，殆非盛唐之法。且如賈至王維岑參諸聯，皆非內意，謂之不入詩格，可乎？然格高氣暢，自是盛唐家數，太白曰：『剗却君山好，平鋪湘水流；巴陵無限酒，醉殺洞庭秋。』迄今膾炙人口，謂有含蓄，則鑿矣。」

又云：「李靖曰：『正而無奇，則守將也；奇而無正，則鬬將也；奇正皆得，國之輔也。』譬諸詩，發言平易而循乎繩墨，法之正也；發言雋偉而不拘乎繩墨，法之奇也。平易而不執泥，雋偉而不險怪，此奇正參伍之法。白樂天正而不奇，李長吉奇而不正，奇正參伍，李杜是也。」

又云：「子美五言絕句皆平韻，律體景多而情少；太白五言絕句平韻，律體兼仄韻，古體景少而情多；二公各盡其妙。」

又云：「古人作詩，譬諸行長安大道，不由狹斜小徑，以正爲主，則通於四海，略無阻滯，若太白子美行皆大步，其飄逸沉重之不同，子美可法，而太白未易法也。本朝有學子美者，則未免蹈襲；亦有不喜子美者，則專避其故迹，雖由大道，跬步之間，或中或傍，或緩或急，此所以異乎李杜而轉折多矣。」

又云：「大篇決流，短章斂芒，李杜得之，大篇約爲短章，涵蓄有味；短章化爲大篇，敷演露骨。」

又云：「捫蝨新話曰：詩有格有韻，淵明『悠然見南山』之句，格高也；康樂『池塘生春草』之句，韻勝也。格高似梅花，韻勝似海棠，欲韻勝者易，欲格高者難，兼此二者，惟李杜得之矣。」

又云：「比喻多而失於難解，嗟怨頻而流於不平；過稱譽豈其中心，專模擬非其本色；愁苦甚則有感，歡喜多則無味；熟字千用自弗覺，難字幾出人易見；邈然想頭，工乎作手；詩造極處，悟而且精，李杜不可及也。」

又云：「杜子美稱李太白詩清新俊逸，然却太快。太白謂子美詩苦，然却沉鬱，緣其性褊躁婞直，而多憂愁憤厲之氣，其用字之法，則老將之用兵也。」

明瞿佑宗吉歸田詩話云：「老杜詩，識君臣上下，如：『萬方頻送喜，無乃聖功勞』；『至今勞聖主，何以報皇天？』『周宣漢武今王是，孝子忠臣後代看。』『神靈漢代中興主，功業汾陽異姓王。』上哥舒開府及韋左相長篇，雖極稱贊翰與見素，然必曰『君王自神武，駕馭必英雄。』『霖雨思賢佐，丹青憶老臣。』可謂知大體矣，太白作上皇西巡歌、永王東巡歌，略無上下之分；二公雖齊名，見趣不同如此。」

又云：「太白詩云：『剗却君山好，平鋪湘水流；巴陵無限酒，醉殺洞庭秋。』是甚胸次！少陵亦云：『夜醉長沙酒，曉行湘水春。』然無許大胸次也。」

明俞弁逸老堂詩話云：「荊州記，盛弘之撰，其記三峽水急云：『朝發白帝，暮宿江陵，凡一千二百餘里，雖飛雲迅鳥，不能過也。』李太白詩云：『朝辭白帝彩雲間，千里江陵一日還。』杜子美云：『朝發白帝暮江陵。』皆用盛弘之語也。」

明都穆南豪詩話云：「李太白杜子美微時爲布衣交，並稱於天下後世。今考之杜集，其懷贈太白者多至四十餘篇；而太白詩之及杜者，不過沙邱城之寄、魯郡東石門之送及飯顆之嘲一絕而已。蓋太白以帝室之胄，負天仙之才，日試萬言，倚馬可待；而杜老不免刻苦作詩，宜其爲太白所誚。洪容齋胡若溪以飯顆詩不見太白集中，疑爲後人僞作；予謂古人嘲戲之語，集中往往不載，不特太白爲然。然後之人作詩，乃多學杜而鮮學太白，豈非以太白才高難及，而愛君憂民可施之廊廟者，固在於飯顆之人耶？」

明李東陽麓堂詩話云：「作山林詩易，作臺閣詩難；山林詩或失之野，臺閣詩或失之俗；野可犯，俗不可犯也。蓋惟李杜能兼二者之妙；若賈浪仙之山林則野矣；白樂天之臺閣則近乎俗矣；況其下者乎？」

又云：「太白天才絕出，眞所謂『秋水出芙蓉，天然去雕飾。』今所傳石刻『處世若大夢』一詩，序稱『大醉中作，賀生爲我讀之。』此等詩皆信乎縱筆而就，他可知已。前代傳子『美桃花細逐楊花落』，手稿有改定字。而二公齊名並價，莫可軒輊；稍有異議者，退之輒有『世間羣兒愚，安用故謗傷』之句。然則詩豈必以遲速論哉？

明陸時雍詩鏡總論云：「少陵苦於摹情，工於體物，得之古賦居多；太白長於感興，遠於寄哀，本於十五國風爲近。」

又云：「七言古，自魏文梁武以外，未見有佳。鮑明遠雖有行路難諸篇，不免宮商乖互之病。太白其千古之雄乎！氣駿而逸，法老而奇，音越而長，調高而卓；少陵何事得與執金鼓而抗顏行也？」

又云：「太白七古，想落意外，局自變生，眞所謂驅走風雲，鞭撻海岳，其殆天授，非人力也。少陵哀江頭、哀王孫，作法最古，然琢削磨礲，力盡此矣；飲中八仙，格力超拔，庶足當之。」

又云：「宋人抑太白而尊少陵，謂是道學作用，如此，將置風人於何地？放浪詩酒，乃太白本行；忠君憂國之心，子美乃感輒發。其性既殊，所遭復異，奈何以此定詩優劣也？太白遊梁宋間，所得數萬金，一揮輒盡，故其詩曰：『天生我才必有用，黃金散盡還復來。』意氣凌雲，何容易得？」

## 二、與諸家之比

宋歐陽修六一詩話云：聖俞子美齊名於一時，而二家詩體特異。子美筆力豪雋，以超過橫絕爲奇；聖俞覃思精微，以深遠閑談爲意；各極其長，雖善論者，不能優劣也。余嘗於水谷夜行詩，略道其一二云：「子美氣尤雄，萬竅號一噫；有時肆顚狂，醉墨灑滂霈。譬如千里馬，已發不可殺；盈前盡珠璣，一一難揀汰。梅翁事淸切，石齒漱寒瀨；作詩三十年，視我猶後輩；文詞愈精新，心意雖老大；有如妖韶女，老自有餘態；近詩尤古硬，咀嚼苦難嘬；又如食橄欖，眞味久愈在；蘓豪以氣轢，舉世徒驚駭！梅窮我獨知，古貨今難賣。」語雖非工，謂粗得其彷彿，然不能優劣之也。

宋劉攽中山詩話云：杜工部有「峽束蒼江起，岩排石樹圓。」頃蘇子美遂用「峽束蒼江，巖桃石樹」作七言句。子美豈竊詩者，大抵諷古人詩多，則往往爲己得也。

宋劉攽中山詩話云：人多取佳句爲句圖，特小巧美麗可喜，皆指詠風景，影似百物者爾，不得見確才遠思之人也。梅聖俞愛嚴維詩曰：「『柳塘春水漫，花塢夕陽遲』，固善矣；細較之，夕陽遲則繫花，春水漫何須柳也？工部詩云：『深山催短景，喬木易高風』，此可無瑕纇。」又云：「『蕭條九州內，人少豺虎多；少人慎莫投，虎多信可過；飢有易子食，獸猶畏虞羅。』若此等句，其含蓄深遠，殆不可模倣」。

宋陳師道後山詩話云：黃魯直云「杜之詩法出審言，句法出庾信，但過之爾」。杜之詩法，韓之文法也；詩文各有體，韓以文爲詩，杜以詩爲文，故不工爾。

後山詩話云：黃魯直謂白樂天「笙歌歸院落，燈火下樓臺」，不如杜子美云「落花遊絲白日靜，鳴鳩乳燕青春深」也。

後山詩話云：蘇子瞻云：「子美之詩，退之之文，魯公之書，皆集大成者也」。學詩當以子美爲師，有規矩，故可學。退之於詩，本無解處，以才高而好爾。淵明爲詩，寫其胸中之妙爾。學杜不成，不失爲工。無韓之才與陶之妙而學其詩，終爲樂天爾。

後山詩話云：詩欲其好，則不能好矣，王介甫以工，蘇子瞻以新，黃魯直以奇，而子美之詩，奇、常、工、易、新、陳，莫不好也。

後山詩話云：唐人不學杜詩，惟唐彥謙與今黃亞夫庶謝師厚景初學之。魯直黃之子謝之壻也，其於二父，猶子美之於審言也；然過於出奇，不如杜之遇物而奇也，三江五湖，平漫千里，因風石而奇爾。

後山詩話云：子美懷薛據云：「獨當省署開文苑，兼泛滄浪學釣翁」。「省署開文苑，滄浪憶釣翁」，據之詩也。

後山詩話云：世稱杜牧「南山與秋色，氣勢兩相高」爲警絕；而子美才用一句，語益工，曰：「千崖秋氣高」也。

後山詩話云：蘇公居潁，春夜對月，王夫人曰：「春月可喜，秋月使人愁耳！」公謂全未及也，遂作詞曰：「不似秋光，只與離人照斷腸」。老杜云：「秋月解傷神」，語簡而益工也。

後山詩話云：余登多景樓，南望丹徒有大白鳥飛近青林而得句云：「白鳥過林方外明」，謝朓亦云：「黃鳥度青枝」，語巧而弱。老杜云：「白鳥去邊明」，語少而意廣。余每還里而每覺老，復得句云：「坐下人漸多」，而杜云：「坐深鄉里敬」，而語益工，乃知杜詩無不有也。

宋魏泰臨漢隱居詩話云：唐人詠馬嵬之事者多矣，世所稱者：劉禹錫曰：「官軍誅佞倖，天子捨妖姬；羣吏伏門屏，貴人牵帝衣；低徊轉美目，清日自無輝。」白居易曰：「六軍不發將奈何？宛轉蛾眉馬前死。」此乃歌詠祿山能使官軍皆叛，逼迫明皇，明皇不得已而誅楊妃也。噫！豈特不曉文章體裁，而造語拙惷，已失臣下事君之禮也。老杜則不然，其北征詩曰：「惟昔狼狽初，事與前世別：不聞夏商衰，中自誅褒妲。」方見明皇鑑殷夏之敗，畏天悔過，賜妃子死，官軍何預焉。唐闕史載鄭畋馬嵬詩，命意似矣；而詞句凡下，比說無狀，不足道也。

宋魏泰臨漢隱居詩話云：夏鄭公竦評老杜中秋月詩「初升紫塞外，已隱暮雲端」，以爲意在肅宗，鄭公善評詩也。吾觀退之「煌煌東方星，奈此衆客醉」，豈順宗時作乎？東方謂憲宗在儲也。

宋周紫芝竹坡詩話云：詩中用雙疊字，易得句，如「水田飛白鷺，夏木囀黃鸝」，此李嘉祐詩也；王摩詰乃云「漠漠水田飛白鷺，陰陰夏木囀黃鸝」，摩詰四字下得最爲穩切。若杜少陵「風吹客衣日杲杲，樹攪離思花冥冥」「無邊落木蕭蕭下，不盡長江滾滾來」，則又妙不可言矣。

宋葉少蘊石林詩話云：詩下雙字極難，須使七言五言之間，除去五字三字外，精神興致全見於兩言，方爲工妙。唐人記「水田飛白鷺，夏木囀黃鸝」爲李嘉祐詩，王摩詰竊取之，非也。此兩句好處正在添「漠漠」「陰陰」四字，此乃摩詰爲嘉祐點化，以自見其妙。如李光弼將郭子儀軍，一號令之，精彩數倍；不然，如嘉祐本句，但是詠景耳，人皆可到。要之，當令如老杜「無邊落木蕭蕭下，不盡長江滾滾來」與「江天漠漠燕雙去，風雨時時龍一吟」等，乃爲超絕。

宋許　顗彥周詩話云：老杜作曹將軍丹青引云：「一洗萬古凡馬空。」東坡觀吳道子畫壁詩云：「筆所未到氣已吞。」吾不得見其畫矣。此兩句二公之詩，各可以當之。

彥周詩話云：「張籍、王建，樂府宮詞皆傑出，所不能追李杜者，氣不勝耳。

彥周詩話云：梁江從簡爲采荷調云：「欲持荷作柱，荷弱不勝梁；欲持荷作鏡，荷暗本無光。」此語嘲何敬客，而波及蓮荷矣。春時穠麗無過桃柳，桃之夭夭，楊柳依依，詩人言之也，老杜云：「顚狂柳絮隨風去，輕薄桃花逐水流。」不知緣誰而波及桃花與楊柳矣？

宋葉少蘊石林詩話云：蔡天啓云：「荆公每稱老杜『鈎簾宿鷺起，凡藥流鶯囀』之句，以爲用意高妙，五字之模楷。他日公作詩，得『靑山捫蝨坐，黃鳥挾書眠』，自謂不減杜語，以爲得意。一然不能擧全篇。余頃以語薛肇明，肇明後被旨編公集，求之終莫得。或云公但得此一聯，未嘗成章也。

石林詩話云：長篇最難，晉魏以前，詩無過十韵者，蓋常使人以意逆志，初不以序事傾盡爲工。至老杜述懷北征諸篇，窮極筆力，如太史公紀傳，此固古今絕唱；然八哀八篇，本非集中高作，而世多尊稱之不敢議，此乃揣骨聽聲耳，其病蓋傷於多也。如李邕蘇源明詩中極多累句，余嘗痛刊去，僅各取其半，方爲盡善；然此語不可爲不知者言也。

宋強幼安唐子西文錄云：方經以後，便有司馬遷；三百五篇之後，便有杜子美。六經不可學，亦不須學，故作文當學司馬遷，作詩當學杜子美，二書亦須常讀，所謂何可一日無此君也。

宋張表臣珊瑚鈎詩話云：杜甫云：「軒墀曾寵鶴。」杜牧云：「欲把一麾江海去。」皆用事之誤。蓋衞懿公好鶴，鶴有乘軒，則軒車之軒耳，非軒墀也。顏延年詩云：「屢薦不入官，一麾乃出守。」則「麾」，麾去耳，非麾旄也。然子美續萬卷書，不應如是，殆傳寫之謬，若云「軒車」則善矣。牧之豪放一時，引用之誤，或有之耶。

宋葛立方韻語陽秋云：杜甫觀安西過兵詩云：「談笑無河北，心肝奉至尊。」故東坡亦云：「似聞指揮築上郡，已覺笑談無西戎。」蓋用左太冲詠史詩「長嘯激淸風，志若無東吳」也。

韻語陽秋云：杜子美曹將軍丹青引云：「將軍魏武之子孫，於今爲庶爲淸門。」元微之去杭州詩亦云：「房杜王魏之子孫，雖及百代爲淸門。」，則知老杜於當時已爲詩人所欽服如此，殘膏賸馥霑丐後代宜哉。故微之云：「詩人以來，未有如子美者。」

韻語陽秋云：杜甫客夜詩云：「客夜何曾著？秋天不肯明。」陪王使君泛江詩云：「山豁何時斷？江平不肯流。」「不肯」二字，含蓄甚佳，故杜甫兩言之，與淵明所謂「日月不肯遲，四時相催迫」同意。

韻語陽秋云：「九天閶闔開宮殿，萬國衣冠拜冕旒。」王摩詰詩也，杜子美刪之爲五言句，「閶闔開黃道，衣冠拜紫宸。」而語益工。

韻語陽秋云：杜甫讀蘇渙詩曰：「餘髮喜却變，白間生黑絲。」高適觀陳十六史碑，則曰：「我來觀雅製，慷慨變毛髮。」

韻語陽秋云：魯直謂陳后山學詩如學道，此豈尋常瑚章繪句者之可擬哉？客有爲余言後山詩，其要在於點化杜甫語爾：杜云「昨夜月同行」，後山則云「勤勤有月與同歸」；

杜云「林昏罷幽磬」，後山則云「林昏出幽磬」；杜云「古人去已遠」，後山則云「斯人日已遠」；杜云「中原皷角悲」，後山則云「風連皷角悲；杜云「暗飛螢自照」，後山則云「飛螢元失照」；杜云「秋覺追隨盡」，後山則云「林湖更覺追隨盡」；杜云「文章千古事」，後山則云「文章平日事」；杜云「乾坤一腐儒」，後山則云「乾坤著腐儒」；杜云「孤城隱霧深」，後山則云「寒城著霧深」；杜云「寒花只暫香」，後山則云「寒花只自香」：如此類甚多，豈非點化老杜之語而成者？余謂不然；後山詩格律高古，眞所謂碌碌盆盎中，見此古罍洗者；用語相同，乃是讀少陵詩熟，不覺在其筆下，又何足以病公？

韻語陽秋云：陶淵明命子篇曰：「夙興夜寐，願爾之才；爾之不才，亦已焉哉！」其責子篇則曰：「雖有五男兒，總不好紙筆；天運苟如此，且進盃中物。」告儼等疏則曰：「鮑叔管仲，同財無猜；歸生伍擧，班荆道舊；而況同父之人哉！」則淵明之子未必賢也，故杜子美論之曰：「有子賢與愚，何其排懷抱？」然子美於諸子，亦未爲忘情者；子美遣興詩云：「驥子好男兒，前年學語時；世亂憐渠小，家貧仰母慈。」又憶幼子詩云：「別離驚節換，聰慧與誰論？憶渠愁只睡，炙背俯前軒。」得家書云：「熊兒幸無恙，驥子最憐渠。」元日示宗武云：「汝啼吾手戰。」觀此數詩，於諸子鍾情，尤甚於淵明矣。山谷乃云：「杜子美困於三蜀，蓋爲不知者詬病，以爲拙於生事；又往往譏宗武失學，故寄之淵明爾。」俗人不知，便爲譏病，所謂痴人面前，不得說夢也。

韻語陽秋云：月輪當空，天下之所共視，故謝莊有「隔千里兮共明月」之句，蓋言人雖異處，而月則同瞻也。老杜當兵戈騷屑之際，與其妻各處一方，自人情觀之，豈能免閨門之念，而他詩未嘗一及之；至於明月之夕，則遐想長思，屢形詩什，月夜詩云：「今夜鄜州月，閨中亦獨看。」繼之曰：「香霧雲鬟濕，清輝玉臂寒。」一百五日夜對月云：「無家對寒食，有淚如金波。」繼之曰：「仳離放紅蕊，想像顰青蛾。」江月詩云：「江月光如水，高樓思殺人。」繼之曰：「誰家挑錦字，燭滅翠眉顰？」其數致意於閨門如此，其亦謝莊之意乎！

韻語陽秋云：杜甫詩云：「萬古仇池穴，潛通小有天。」則仇池者，必眞仙所舍之地。東坡在穎川，夢至一官府，顧視堂上一牓曰仇池，自後作詩，往往自稱仇池，如「記取和詩之益友，他年弭節過仇池。」按唐書志成州同谷縣有仇池，與秦接壤，故老杜秦州雜詩、嘗曰：「藏書聞禹穴，讀記憶仇池。」送章十六赴同谷郡，嘗曰：「受詞太白脚，走馬仇池頭。」是也。

韻語陽秋云：老杜詩云：「東閣官梅動詩興，還如何遜在揚州。」按遜傳，無揚州事，而遜集亦無揚州梅花，但有早梅詩云：「兎園標物序，驚時最是梅；銜霜當露發，暎雪凝寒開；枝橫却月觀，花繞凌風臺；應知早飃落，故逐上春來。」杜公前詩，乃逢早梅而作詩、故用何遜事。又意却月凌風，皆揚州臺觀名爾。近時有妄人假東坡名，作老杜事實一編，無一事有據；至謂遜作揚州法曹，廨舍有梅一株，遜吟詠其下，豈不誤學者。

韻語陽秋云：杜子美居蜀數年，吟詠殆遍；海棠奇艷，而詩章獨不及，何耶？鄭谷詩云：「浣花溪上堪惆悵，子美無情爲發揚。」是已。本朝名士賦海棠甚多，往往皆用此爲實事，如石延年云：「杜甫句何略？薛能詩未工。」錢易詩云：「子美無情甚，都官着意頻。」李定詩云：「不霑工部風騷力，猶占勾芒造化權。」獨王荊公詩用此作梅花詩，最爲有意，所謂「少陵爲爾牽詩興，可是無心賦海棠。」近於曾大父酬倡集中，有凌景陽一絕句，亦似有意，末句云：「多謝許昌傳雅釋，蜀都曾未識詩人。」不道破爲尤一也。

韻語陽秋云：老杜白小詩云：「白小羣分命，天然二寸魚；細微霑水族，風俗當園蔬。」言白小與菜無異，豈復有厚味哉？故白樂天亦有「下飯腥鹹白小魚」之句。余謂魚始二寸已就烹，魚之窮也。寒士又從而食之，其窮抑甚梅聖俞有琴高魚詩云：「大魚人騎天上去，留得小鱗來按觴。」又有針口魚賦云：「有魚針喙形甚小，常乘春波來不少，取之一掬，不重銖秒。」則白小之魚，尙丈人行也。

韻語陽秋云：楸花色香俱佳，又風韻絕俗，而名不編於花譜，何哉？老杜云：「要把楸花媚遠天，」言其色也；又曰：「楸樹馨香倚釣磯，」言其香也，梅聖俞楸花詩云：「圖出帝宮樹，聳向白玉墀；高艷不近俗，直許天人窺。」言其韻也。

韻語陽秋云：老杜北征詩云：「憶昔狼狽初，事與古先別；不聞夏殷衰，中自誅褒妲。」其意謂明皇英斷，自誅妃子，與夏商之誅褒妲不同。老杜此語，出於愛君，而曲文其過，非至公之論也。白樂天詩云：「六軍不發無奈何，宛轉蛾眉馬前死，」非逼迫而何哉？然明皇能割一己之愛，使六軍之情帖然，亦可謂知所輕重矣。

韻語陽秋云：杜甫悲陳濤詩云：「野曠天淸無戰聲，四萬義軍同日死。」言房琯之敗也。琯臨敗，猶持重，而中人邢延恩促戰，遂大敗，故甫深怨之。甫爲右拾遺，令琯罷相，上疏力救琯，肅宗大怒，詔三司推問，宰相張鎬救之，獲免，故洗兵馬云：「張公一生江海客，身長九尺鬚眉蒼，」蓋盛其救己也。張無盡孤憤吟云：「房琯未相日，所談皆臯夔；一朝陳濤下，覆設十萬師；中原已紛潰，老杜尙嗟咨。」則老杜救琯之章，豈亦出於私情乎？

韻語陽秋云：老杜課伯夷辛秀伐木，則曰：「報之以微寒，供給酒一斛；」遣信行修水筒，則以浮瓜裂餅，以答其恭謹。陶淵明告其子，則曰：「輒遣一力助汝薪水之勞，亦人子也，以善遇之。」蓋古人之役僕夫，其忠厚率如此。初學記載王褒買便了爲奴，作約使苦作，以致聽劵而淚下，鼻涕長一尺，有「不如早歸黃土陌，令蚯蚓鑽額」之語，其少陵柴桑之罪人哉！

韻語陽秋云：陶淵明乞食詩云：「飢來驅我去，不知竟何之？」而繼之以「感子漂母惠，愧我非韓才，」則求而有獲者也。杜子美上水遣懷云：「驅馳四海內，童稚日餬口，」而繼之以「但遇新少年，少逢舊知友，」則求而無所得者也。山谷貧樂齋詩云：「飢來或乞食，有道無不可。」過靑草湖云：「我雖貧至骨，猶勝杜陵老；憶昔上岳陽，一飯從人討。」由是論之，則杜之貧甚於陶，而山谷之貧尙優於杜也。

韻語陽秋云：杜子美身遭離亂，復迫衣食，足迹幾半天下，自少時遊蘇及越，以至作諫官，奔走州縣，旣皆載此遊矣。其後贈韋左丞詩云：「今欲入東海，卽將西去秦。」則自長安之齊魯也；贈李白詩云：「亦有梁宋遊，方期拾瑤草。」則自東都之梁宋也；發同谷縣云：「賢有不黔突，聖有不煖席；始未玆山中，休駕喜地僻；奈何迫物累，一歲四行役？」則自隴右之劍南也；留別章使君云：「終作適荆蠻，安用排莊叟？隨雲拜東皇，挂席上南斗。」則自蜀之荆楚也。夫士人既無常產，爲飢所驅，豈免仰給於人？則奔走道途，亦理之常爾。王建云：「一年十二月，強半馬上看圓缺。百年歡樂能幾何？在家見少行見多。不緣衣食相驅遣，此身誰願相奔波？」李頎亦云：「男兒在世無產業，行子出門如轉篷。」皆爲此也。

宋周必大二老堂詩話云：昔人應急，謂唐之酒價，每斗三百，引杜詩「速宜相就飲一斗，恰有三百青銅錢」爲證；然白樂天爲河南尹自勸絕句云：「憶昔羈貧應舉年，脫衣典酒曲江邊；十千一年猶賒飲，何況官供不著錢。」又古詩亦有「金尊美酒斗十千」。大抵詩人用事，未必實價也。

二老堂詩話云：陶淵明詩：「酒能消百慮。」杜子美云「一酌散千憂。」皆得趣之句也。

二老堂詩話云：子美自比稷與契，退之詩云「事業窺稷契」。子美未免儒者大言，退之實欲踐之也。

二老堂詩話云：周紫芝竹坡詩話第一段云：「杜少陵遊何將軍山林詩有『雨抛金鎖甲，苔臥綠沈槍』之句，言甲抛於雨爲金所鎖，槍臥於苔爲綠所沉，有將軍不好武之意，余續薛氏補遺，乃以綠沈爲精鐵，謂隋文帝賜張奫以綠沉之甲是也。不知金鎖當是何物。後文讀趙德麟侯鯖錄，謂綠沉爲竹，乃引陸氏龜蒙詩：『一架三百竿，綠沉森杳冥。』此尤可笑。」以上紫芝之語。余按符堅使熊邈造金銀細鎧，金爲綫以累之。蔡琰詩云：「金甲耀日光。」至今謂甲之精細者爲鎖子甲，言其相銜之密也。紫芝工詩，而詩話百篇，疎失如此，何耶？綠沉爲精鐵，則不待辨矣。

宋姜夔白石道人詩話云：詩有出於風者，出於雅者，出於頌者。屈原之文，風出也；韓柳之詩，雅出也；杜子美獨能兼之。

宋嚴羽滄浪詩話云：李杜數公如金鳷擘海，香象渡河，下視郊島輩，直蟲吟草間耳。

宋楊萬里誠齋詩話云：句有偶似古人者，杜子美武侯廟詩云：「映草碧草自春色，隔葉黃鸝空好音，」此何遜行孫民陵云「山鶯空樹響，壠月自秋暉」也。杜云「薄雲巖際宿，孤月浪中翻，」此庾信「白雲巖際出，清月波中上」也，「出」「上」二字勝矣。陰鏗云

「鶯隨入戶樹，花隨下山風」，杜云「月明垂葉露，雲逐渡溪風」，又云「水流行地日，江入度山雲」，此一聯勝。庾信云「永韜三尺劍，長捲一戎衣」，杜云「風塵三尺劍，社稷一戎衣」，亦勝庾矣。

誠齋詩話云：『問余何意栖碧山，笑而不答心自閒；桃花流水杳然去，別有天地非人間，』又「相隨遙遙訪赤城，三十六曲水回縈；一溪和入千花明，萬壑度盡松風聲。」此太白詩體也。「麒麟圖畫鴻鴈行，紫極出入黃金印；」又「白摧朽骨龍虎死，墨入太陰雷雨垂；」又「指揮能事回天地，訓練強兵動鬼神；」又「路經灩澦雙蓬鬢，天入滄浪一釣舟，」此杜子美詩體也。「明月易低人易散，歸來呼酒更重看；」又「當其下筆風雨快，筆所未到氣已吞；」又「醉中不覺度千山，夜聞梅香失醉眠；」又李白畫像「西望太白橫峨嵋，眼高四海空無人；大兒汾陽中令君，小兒天台坐忘身；平生不識高將軍，手涴吾足乃敢嗔，」此東坡詩體也。「風光錯綜天經緯，草木文章帝杼機；」又「澗松無心古鬚鬣，天球不琢中粹溫；」又「兒呼不蘇驢失腳，猶恐醒來有新作，」此山谷詩體也。

誠齋詩話云：金針法云：「八句律詩，落句要如高山轉石，一去無回。」予以爲不然，詩已盡而味方永，乃善之善也。子美重陽詩云：「明年此會知誰健？醉把茱萸子細看。」

夏日李尚書期不赴云：「不是尚書期不赴，山陰野雪興難乘。」唐人詩：「葛溪浸淬干將劍，却是猿聲斷客腸；」又釣臺「如今亦有垂綸者，自是江魚賣得錢。」唐人長門怨：「錯把黃金買詞賦，相如自是薄情人。」崔道融云：「如今却羨相如富，猶有人間四壁居。」

誠齋詩話云：詩有驚人句，杜山水障「堂上不合生楓樹，怪底江山起烟霧。」又「斫却月中桂，淸光應更多。」白樂天云：「遙憐天上桂花孤，爲問姮娥更寡無？月中幸有閑田地，何不中央種兩株？」韓子倉衡岳圖：「故人來自天柱峯，手提石廩與祝融；兩山陂陀幾百里，安得置之行李中？」此亦是用東坡云「我持此石歸，袖中有東海，』杜牧之云「我欲東召龍伯公，上天揭取北斗柄，蓬萊頂上斡海水，水盡見底看海空。」李賀云：「女媧鍊石補天處，石破天驚逗秋雨。」

誠齋詩話云：褒頌功德，五言長韻律詩，最要典雅重大，如杜云：「鳳歷軒轅紀，龍飛四十春；八方開壽域，一氣轉洪鈞。」又云：「碧瓦初寒外，金莖一氣旁；山河持繡戶，日月近雕梁。」李義山云：『帝作黃金闕，天開白玉京；有人扶太極，是夕降玄精。』七言褒頌功德，如少陵賈至諸人倡和早朝大明宮，乃爲典雅重大。如此詩者，岑參云：「花迎劍佩星初落，柳拂旌旗露未乾。」最佳。

誠齋詩話云：杜蜀山水圖云：「沱水流中座，岷山赴北堂；白波吹粉壁，青嶂插雕梁。」此以畫爲眞也。曾吉父云：「斷崖韋偃樹，小雨郭熙山。」此以眞爲畫也。

誠齋詩話云：淵明子美無已三人作九日詩，大概相似，子美云「竹葉於人既無分，菊花從此不須開。」淵明所謂「塵爵恥虛罍，寒花徒自容」也。無已云「人事自生今日意，寒花祗作去年香。」此淵明所謂日月依辰至，舉俗愛其名」也。

宋陳子象庚溪詩話云：江南五月黃梅熟時，霖雨連旬，謂之黃梅雨；然少陵詩曰：「南京犀浦道，四月熟黃梅；湛湛長江去，冥冥細雨來。」蓋唐人以成都爲南京，則蜀中梅雨，乃在四月也。及讀柳子厚詩曰：「梅實迎時雨，蒼茫値晚晴；愁深楚猿夜，夢斷越鷄晨；海霧連南極，江雲暗北津；素衣今盡化，非謂帝京塵。」此子厚在嶺外詩，則南越梅雨又在春末。是知梅雨時候，所至早晚不同。

蔡夢弼集錄杜工部草堂詩話云：淮海秦少遊進論曰：「杜子美之於詩，實集衆流之長，適當其時而已。昔蘇武李陵之詩，長於高妙；曹植劉公幹之詩，長於豪逸；陶潛阮籍之詩，長於冲澹；謝靈運鮑照之詩，長於峻潔；徐陵庾信之詩，長於藻麗。於是子美窮高妙之格，極豪逸之氣，包沖澹之趣，兼峻潔之姿，備藻麗之態，而諸家之作，所不及焉；然不集諸家之長，子美亦不能獨至於斯也，豈非適當其時故耶？」

蔡夢弼集錄草堂詩話云：鳳臺王彥輔麈史曰：「杜審言，子美之祖也。唐則天時，以詩擅名，與宋之問唱和，其詩有『綰霧清條弱，牽風紫蔓長』，又有『寄語洛城風月道：明年春色倍還人』之句；若子美『林花帶雨胭脂落，水荇牽風翠帶長』，又云『傳語風光共流轉，暫時相賞莫相違，』雖不襲取其意，而語脈蓋有家法矣。」

蔡夢弼集錄草堂詩話云：後山陳無已詩話曰：「杜之詩法，韓之文法也。詩文各有體，韓以文爲詩，杜以詩爲文，故不工耳。」

蔡夢弼集錄草堂詩話云：山谷黃魯直詩話曰：船「『如天上坐，人似鏡中行』，『船如天上坐，魚似鏡中懸』，沈雲卿之詩也。雲卿得意於此，故屢用之。老杜『春水船如天上坐』，祖述佺期之語也；繼之以『老年花似霧中看』，蓋觸類而長之也。苕溪胡元任曰：『沈雲卿之詩源於王逸少鏡湖詩所謂「山陰路上行，如在鏡中遊」之句』。然李太白入青溪山詩云：『人行明鏡中，鳥度屏風裏。』雖有所襲，語益工也。」

蔡夢弼集錄草堂詩話云：詩眼曰：「古人學問，必有師友淵源，漢楊惲一書，迥出當時流輩，則司馬遷外甥故也。自杜審言已自工詩，當時沈佺期宋之問等，同在儒館爲交遊，故杜甫律詩布置法度，全學沈佺期，更推廣集大成耳。沈有云：『雲白山青千萬重，幾時重謁聖明君？』甫云：『雲白山青萬餘里，愁看直北是長安。』沈有云：『人如天上坐，魚似鏡中懸。』甫云：『春水船如天上坐，老年花似霧中看。』是皆不免蹈襲前輩；然前後傑句，亦未易優劣也。」

蔡夢弼集錄草堂詩話云：秦少遊詩話曰：「曾子固文章妙天下，而有韻者輒不能工；杜子美長於歌詩，而無韻者幾不可讀。」夢弼謂無韻者，若課伐木詩序之類是也。

蔡夢弼集錄草堂詩話云：山谷黃魯直詩話曰：「子美作詩，退之作文，無一字無來處，蓋後人讀書少，故謂杜韓自作此語耳。古人之爲文章，眞能陶冶萬物。雖取古人陳言入翰墨，如電丹一粒，點鐵成金也。

蔡夢弼集錄草堂詩話云：苕溪胡元任叢話曰：「律詩有扇對格，第一句與第三句對，第二句與第四句對，如少陵台州鄭司戶蘇少監詩云：『得罪台州去，時危棄碩儒；移官蓬閣後，豰貴歿潛夫。』東坡蘇子瞻和鬱孤臺詩云：『邂逅陪車馬，尋芳謝朓州；淒涼望鄉國，得句仲宣樓。』之類是也。

蔡夢弼集錄草堂詩話云：呂氏童蒙訓曰：「陸士衡賦，立片言以居要，乃一篇之警策，此要論也。文章無警策，則不足以傳世，蓋不足以竦聽世人，如杜子美及唐人諸詩，無不如此；但晉宋間人專致力於此，故失之綺麗而無高古氣味。子美詩云：『語不驚人死不休。』所謂驚人語，即警策也。」

蔡夢弼集錄草堂詩話云：東坡蘇子瞻詩話曰：「七言之偉麗者，如子美云：『旌旗日暖龍蛇動，宮殿風微燕雀高。』『五更鼓角聲悲壯，三峽星河影動搖。』爾後寂寞無聞焉。直至歐陽永叔云：『蒼波萬古流不盡，白鳥雙飛意自閑。』『萬馬不嘶聽號令，諸番無事著耕耘。』可以並驅爭先矣。

蔡夢弼集錄草堂詩話云：崔德符曰：「少陵八哀詩，可以表裏雅頌，中古作者莫及也。兩紀行詩，發秦州至鳳凰、發同谷縣至成都府二十四首，皆以經行爲先後，無復差舛。昔韓子蒼嘗論此詩筆力變化，當與太史公諸贊並駕。學者宜常諷誦之。」

蔡夢弼集錄草堂詩話云：捫蝨新話云：「老杜詩當是詩中六經，他人詩乃諸子之流也。杜詩有高妙語，如云：『王侯與螻蟻，同盡隨丘墟；願聞第一義，回向心地初。』可謂深入理窟。晉宋以來，詩人無此句也。心地初乃莊子所謂遊心於淡，合氣於漠之義也。」

蔡夢弼集錄草堂詩話：捫蝨新話云：「韓以文爲詩，杜以詩爲文，世傳以爲戲；然文中要自有詩，詩中要自有文，亦相生法也。文中有詩，則句語精確；詩中有文，則詞調流暢。謝玄暉曰：『好詩圓美流轉如彈丸，』此所謂詩中有文也。唐子西曰：『古文雖不用偶儷，而散句之中，暗有聲調；步驟馳騁，亦有節奏。』此所謂文中有詩也。觀子美到夔州以後詩，簡明純熟，無斧鑿痕，信是如彈丸矣。」

蔡夢弼集錄草堂詩話云：洪內翰容齊隨筆云：「古人唱和詩，必答其來意，非若今人爲次韻所局也。觀文選所編，何劭張華盧諶劉琨二陸三謝諸人贈答可知已。唐人尤多，不可具載，姑取杜集數篇，略紀於此：高適寄杜公云：『媿爾東西南北人』，杜則云『東西南北更堪論。』高又有詩云『草玄今已畢，此外更何言？』杜則云『草玄吾豈敢？賦或似相如。』嚴武寄杜云『興發會能馳駿馬，終須重到使君灘。』杜則云『枉沐旌旄出城府，草茅無逕欲教鋤。』杜公寄嚴詩云『何路出巴山？重巖細菊班；遙知簇鞍馬，回首白雲間。』

嚴答云『臥向巴山落月時，籬外黃花菊對誰？跂馬望君非一度，冷猿秋雁不勝悲。』杜送章迢云『洞庭無過雁，書疏莫相忘。』迢云『相憶無南雁，何時有報章？』又云『雖無南去雁，看取北來魚。』郭受寄杜云『春興不知凡幾首？』杜答云『藥裹關心詩總廢。』皆如鐘磬在簴，扣之則應，往往反復，於是乎有餘味矣。』

蔡夢弼集錄草堂詩話：捫蝨新話：『陶淵明詩，『采菊東籬下，悠然見南山。』采菊之際，無意於山，而景與意會，此淵明得意處也。而老杜亦曰：『夜闌接軟語，落月如金盆。』予愛其意度閑雅，不減淵明；而語句雄健過之。每詠此二詩，便覺當時清景，盡在目前；而二公寫之筆端，殆若天成，玆爲可貴。」

蔡夢弼集錄草堂詩話：橫浦張子韶心傳錄曰：「陶淵明詞云『雲無心以出岫，鳥倦飛而知還。』杜子美云『水流心不競，雲在意俱遲。』若淵明與子美，相易其語，則識者往往以謂子美不及淵明矣。觀其云雲無心、鳥倦飛，則可知其本意；至於水流而心不競，雲在而意俱遲，則與物無間斷，氣更混淪，難輕議也。

蔡夢弼集錄草堂詩話云：丹陽洪景盧容齋隨筆曰：「張文潛暮年在宛丘，何大圭方弱冠，往謁之，凡三日見其吟哦老杜玉華宮詩不絕口。大圭請其故，曰：『此章乃風雅鼓吹，未易爲子言。』大圭曰：『先生所賦，何必減此？』曰：『平生極力模寫，僅有一篇稍似之；然未可同日語也。』遂誦其離黃州詩，偶同此韻，曰：『扁舟發孤城，揮手謝送者；山回地勢卷，天豁江面瀉；中流望赤壁，石脚插水下；昏昏烟霧嶺，歷歷漁樵舍；居夷實三載，鄰里通假借；別之豈無情？老淚爲一灑；篙工起鳴鼓，輕櫓健於馬；聊爲過江宿，寂寂歷歷樊山夜！』此其音響節奏，固似之矣，讀之可嘿諭也。」

蔡夢弼集錄草堂詩話云：古今詩話：「老杜『紅飯啄餘鸚鵡粒，碧梧棲老鳳凰枝。』此語反而意奇。退之詩云『舞鏡鸞窺沼，行天馬渡橋。』亦倣此理。」

宋吳幵正仲優古堂詩話云：「歐陽修詩話：陳公時得杜集，至蔡都尉「身輕一鳥」，下脫一字，數客補之，各云『疾』『落』『起』『下』，終莫能定；後得善本，乃是『過』字。其後東坡詩『如觀李杜飛鳥句，脫字欲補知無緣』；山谷詩『百年青天過鳥翼』；東坡詩「百年同過鳥』，皆從而效之也。予見張景陽詩云：『人生瀛海內，忽如鳥過目』，則知老杜蓋取諸此；況杜又有睨李少府詩『余生如過鳥』，又云『愁窺高鳥過』。景陽之詩，梁氏取以入選，杜贈驥子詩『熟精文選理』，則其所取，亦自有本矣。如贈韋左丞詩，皆倣鮑明遠東武吟『主人且勿喧，賊子歌一言。』然古詠香爐詩『四座且勿喧，願聽歌一言』」。

優古堂詩話云：「洪駒父詩話，謂世以兄弟爲友于，子孫爲貽厥，歇後語也。杜子美詩云：『山鳥山花皆友于』。子美未能免俗，何耶？予以爲不然，按南史『劉湛友于素篤』，北史『李謐事兄，盡友于之誠』，故陶淵明詩云：『一欣侍溫顏，再喜見友于』，子美蓋有所本耳。子美上太常張卿詩亦云：『友于皆挺拔』。」

優古堂詩話云：「陸士衡樂『游客春芳林，春芳傷客心』，杜子美『花近高樓傷客心』，皆本屈原『目極千里傷客心』。」

優古堂詩話云：「唐楊巨源早春詩云：『馬蹄經歷應須遍，鶯語丁寧已怪遲』，蓋效子美所謂『莫遣花開深造次，便覺鶯語太丁寧』。」

優古堂詩話云：「梁武帝春歌云：『堦上香入懷，庭中花照眼；春心一如此，情來不自限。』乃悟杜子美『花枝照眼句還成』之句。」

優古堂詩話云：「唐李敬方歡醉詩云：『不向花前醉，花應解笑人；只應連夜雨，又過一年春；日日無窮事，區區有限身；若非杯裏酒，何以寄天眞？』杜子美絕句云：『二月已破三月來，漸老逢春能幾回？莫悲身外無窮事，且進生前有限杯。』二詩雖相沿，而杜詩則尤工者也。世所傳『相逢不飲空歸去，洞口桃花也笑人』之句，蓋出於敬方云。」

優古堂詩話云：「張說有深度驛詩云：『洞房懸月影，高枕聽江流。』杜子美用其意見於客夜篇云：『入簾殘月影，高枕遠江聲。』」

優古堂詩話云：「韓退之詩『鷄三號，更五點，』蓋鷄必三號而後天曉耳，故杜子美鷄詩亦云：『紀德名標五，初鳴度必三。』」

優古堂詩話云：「孟東野『出門卽有礙，誰謂天地寬？』吳處厚以渠器量褊窄，言乃爾。予以東野取法杜子美『每愁悔念生，如覺天地窄』之句。」

優古堂詩話云：「王直方詩話，記徐師川紫宸早朝詩一聯云：『黃氣遠臨天北極，紫宸位在殿中央』。以余觀之，乃全是杜子美『玉凡猶來天北極，朱衣只在殿中間』一聯也。」

優古堂詩話云：「周庾信喜晴詩：『已歡無石燕，彌欲棄泥龍。』又初晴詩云：『燕燥還爲石，龍殘更是泥。』此意凡兩用，然前一聯不及後一聯也。乃知杜子美『紅稻啄餘鸚鵡粒，碧梧棲老鳳凰枝』斡旋句法所本。」

優古堂詩話云：「江總衡州九日詩：『姬人薦初醞，幼子問殘疾。』故杜子美取其意以爲遣詞云：『老妻憂坐痺，幼女問頭風。』」

優古堂詩話云：「杜子美今夕行：『憑陵大叫呼五白，袒跣不肯成梟盧。』學者謂杜用劉毅劉裕東府樗蒱事。雖杜用此，然屈原招魂已嘗云：『成梟而牟呼五白』。」

優古堂詩話云：「杜詩『影著猿啼樹，魂飃結蜃樓。』蓋用盧照鄰巫山高云：『莫辨猿啼樹，徒看神女雲。』」

優古堂詩話云：「唐闕史稱鄭相畋吟馬嵬詩云：『明皇廻馬楊妃死，雲雨雖亡日月新；終是聖期天子事，景陽宮井又何人？』觀者以爲眞輔之句；予以謂畋蓋取杜詩『不聞商衰，中自誅褒妲』之意。」

優古堂詩話云：「唐崔惠童宴城東莊詩云：『一月人生笑幾回？相逢相値且銜杯；眼

看春色如流水，今日花紅昨日開。』杜子美詩云：『不須聞此意慘愴，生前相遇且銜杯。』二詩相類，第不知崔爲何時人。」

優古堂詩話云：「杜子美贈曹將軍霸詩云：『凌煙功臣少顏色，將軍下筆開生面；良相頭上進賢冠，猛將腰間大羽箭；褒公鄂公毛髮動，英姿颯爽來酣戰。』鄂公謂尉遲謹德，褒公謂段元志也；故東坡贈寫眞何充詩：『黃冠野服山家容，意欲遲我山巖中；勳名將相今何限？往寫褒公與鄂公。』鮑眞由謝傳神蔡景直詩：『馳譽丹青有古風，筆端及我未宜蒙；雲臺麟閣遙相望，往寫褒公與鄂公。』用東坡語尤爲無功。」

優古堂詩話云：「杜詩『思家步月淸宵立，憶弟看雲白日眠。』又云『別時孤雲今不飛，時復看雲涙橫臆。』蓋取李陵別蘇武詩云：『仰視浮雲飛，奄忽互相踰；長當從此別，且復立斯須。』」

曾季貍艇齋詩話云：「古人於前輩，未嘗敢忽，雖不逮於己者，亦不敢少忽也。以韓退之於文，杜子美之於詩，視王楊盧駱之文，不啻如俳優。而王績之文於退之，猶土苴爾。然退之於王勃滕王閣記。王績醉鄉記，方且有歆艷不及之語；子美於王楊盧駱之文，又以爲時體，而不敢輕議。古人用心忠厚如此，異乎今人露才揚己，未有寸長者，已譏議前輩，此皇甫持正所以有衙官老兵之論。(衙官非持正語)。

艇齋詩話云：「東湖滕王閣詩，用老杜玉臺觀詩本首云：『一日因王造，千年與客遊』，卽老杜『浩刧因王造，平臺訪古遊』也。」

艇齋詩話云：「老杜有岳陽樓詩，孟浩然亦有。浩然雖不及老杜，然『氣蒸雲夢澤，波撼岳陽城』，亦自雄壯。」

艇齋詩話云：「老杜螢火詩，蓋譏小人得時，其首云『幸因腐草出，敢近太陽飛』，蓋言其所出卑下也。其卒章云『十月淸霜重，飄零何處歸』？蓋言君子用事，則掃蕩無遺也。老杜之詩，所以冠絕古今者以此。詩人李嘉祐亦嘗賦螢火詩云：『映水光難定，凌虛體自輕；夜風吹不滅，秋露洗還明；向燭仍藏焰，投書更有情；猶得流亂影，來此傍簷楹』八句規規然詠一物而已，視杜詩，眞所謂小巫也。」

艇齋詩話云：「韓文杜詩，備極全美，然有老作，如祭老成文、大風卷茅屋歌，渾然無斧鑿痕，又老作之尤者。」

艇齋詩話云：「老杜『鐙影照無睡，心情聞妙香』，韋蘇州『兵衞森畫戟，燕寢凝清香』，皆曲盡其妙。不問詩題，杜詩知其宿僧房，韋詩知其爲邦君之居也。此爲寫物之妙。」

艇齋詩話云：「韓退之南山詩，用杜詩北征詩體也。」又云：「老杜詩第一首，李侯金閨彥是也，作此時年十七；壯遊詩可考作詩次第。韓文第一篇，薦薛公達春是也，時年二十一。」

艇齋詩話云：「東坡和章質夫楊花詞云：『思量，卻是無情有恩』，用老杜『落絮遊絲亦有情』也。

艇齋詩話云：「老杜還成都草堂詩云：『城郭喜我來，大官喜我來』等語，本古樂府木蘭詩『爺娘聞我歸，阿姨聞我歸』之語，老杜用此體。」

又云：「老杜『使君自有歸，莫學野鴛鴦』，出古樂府云『使君自有婦，羅敷自有夫』。」

又云：「老杜『愼勿近前丞相嗔』，出古樂府『春梁之下有縣鼓，我欲擊之丞相怒』。」

又云：「老杜『主人敬愛客』，出曹進詩『公子敬愛客』。」

又云：「老杜『同姓古所敦，不受外嫌猜』，用古樂府放歌行『明慮自天斷，不受外嫌猜』。」

又云：「老杜『白首妻其』，出謝靈連詩『懷賢亦妻其』。」

又云：「老杜『野航恰受兩三人』，樂天云『野艇客三人』。」

又云：「老杜『立登要路津』，要路津三字出選詩『何不策高足，先據要路津』？」

又云：老杜詩用『粔籹』，出楚辭招魂『粔籹蜜餌，有餦餭些』。」

又云：「老杜『側生兩岸及江蒲』，出蜀都賦『旁挺龍目，側生荔枝』。」

又云：「老杜『魚知丙穴由來美』，出蜀都賦『嘉魚出於丙穴』。」

又云：「老杜『食薇不願餘』，不願餘三字出選詩，左太冲詠史云：『飲河期滿腹，貴足不願餘』。」

又云：「草玄吾豈敢，賦或似相如」，出左太冲詠史詩「言論準宣尼，詞賦擬相如」。

宋吳可藏海詩話云：「學詩當以杜詩爲體，以蘇黃爲用，拂拭之則自然波峻，讀之鏗鏘，蓋杜之妙處藏於內，蘇黃之妙發於外。用工夫體學杜之妙處恐難到，用功而效少（案用工以下有脫文)。」

又云：「老杜詩『本賣文爲話，翻令室倒懸；荊扉生蔓草，土銼冷疎烟』，此言貧，不露筋骨。如杜荀鶴『時挑野菜和根煮，旋斫青柴帶葉燒』，蓋不忌當頭直言窮愁之迹，所以鄙陋也。」

又云：「看詩且以數爲率，以杜爲正經，餘爲兼經也，如小杜韋蘇州王維太白退之子厚坡谷四學士之類也。如貫穿出入諸家之詩，與諸體俱化，便自成一家，而諸體俱備；若只守一家，則無變態，雖千百首，皆只一體也。」

又云：「杜牧之河湟詩云『元載相公曾借箸，憲宗皇帝亦留神』一聯甚陋，唐人多如此作，或云唯老杜不類如此格。僕云：『遷轉五州防禦使，起居八座太夫人』不免如小杜。子蒼云：『此語不佳，杜律詩中雖有一聯驚人，人不能到，亦有可到者。』僕云：『如蜀相詩第二聯，人亦能到。』子蒼云第三聯最佳。『四更山吐月，殘夜水明樓』，此一聯後，餘者便到了。又舉『三峽星河影動搖』一聯。僕云：『下句勝上句。』子蒼云：『如此者極多。』小杜河湟一篇第二聯『旋見衣冠就東市，忽遺弓劍不西巡』極佳，爲借箸一聯累耳。」

又云：「徐師川云：『工部有「江蓮搖白羽，天棘夢青絲」之句，於「江蓮」而言「搖白羽」，乃見蓮而思扇也，蓋古有以白羽爲扇者。是詩之作，以時考之，乃夏日故也。於「天棘」言「夢青絲」，乃見柳而思馬也，蓋古有以青絲絡馬者。庾信柳枝詞（案庾集作楊柳歌）云「空餘白雪鷲毛下，無復青絲馬尾垂」，又子美驄馬行云「青絲絡頭爲君老」。此詩後復用支遁事，則見柳思馬，形於夢寐審矣。東坡欲易「夢」爲「弄」，恐未然也。』」

宋黃帝明徹蛩溪詩話云：「老杜贈韋左丞有『朝叩富兒門，暮隨肥馬塵』，至爲殘杯冷炙之語；及姜少府爲淸觴異味，卽云『新歡便飽姜侯德』；王倚爲沽酒割鮮，卽云『古人情義晚誰似』，豈附炎老饕如是哉？蓋託文字戲謔也；然又不可不慮，故有『褊性合幽棲，直恥事干謁』之什，以自其志；亦如示姪佐云『甚聞霜薤白，重惠意如何』、『已應春得細，頗覺寄來遲』，皆戲言也。終慮痴人以夢爲實，故示姪濟云『所來爲宗族，亦不爲盤飧；小人利口實，薄俗難可論』，正如淵明乞食篇云『飢來驅我去，不知竟何之？行行至斯里，叩門拙言辭』，其卑汚乃爾！不肯爲五斗米折腰，殆無異矣。」

又云：「李商隱詠淮西碑云：『言訖屢頷天子頤。』雖務奇崛，人臣言不當如此。乘輿軒陛，自不敢正斥，如老杜『天顏有喜近臣知』、『虬須似太宗』，可謂知體矣。東坡贈寫御容詩云『野人不識日月角，髣髴尙憶重瞳光；天容玉色誰能畫？老師古寺晝閉房。』蓋遵此法。」

又云：「昔人用五馬事，多因遊遨動出處方用之，如老杜賦王閬州餞蕭遂州云：『二天開寵餞，五馬爛生光。』其賓主去住分矣。又送李梓州『五馬何時到』，贈嚴武『五馬舊曾諳小逕』，送賈閣老出汝州『人生五馬貴』，太白『五馬莫留連』，岑參『門外不須催五馬』，戎是『五馬幾時朝魏闕』，子厚『五馬助征騑』，樂天『五馬無由入酒家』，東坡『鼓吹未容迎五馬，介甫『尙得使君驅五馬』。近人於太守安居閒閤，例稱五馬，此理恐未安也。」

又云：「寄李員外云：『遠行無自苦，內熱比如何？』寄旻上人云：『舊來好事今能否？老去新詩誰與傳？』岑參云：『喬生作尉別來久，因君爲問平生否？』『魏侯校理復何如？前月人來不得書。』『夫子素多疾，別來未得書。』『北庭苦寒地，體內今如何？』樂天寄夢得云：『病後能吟否？秋來曾醉無？』退之贈崔立之云：『長女當及事，誰助出帨縭？諸男皆秀朗，幾能守家規。』亦皆書一通也。」

又云：「舊觀臨川集『肯顧北山如慧約，與公西崦斸蒼苔』，堂愛其『斸』字最有力。後讀杜集『當爲斸青冥』、『藥許鄰人斸』；退之『詩翁憔悴斸荒棘』、『窣豁斸株橜』；子厚『戒徒斸雲根』；雖一字之法，不無所本。」

又云：「古人作詩，有用經傳全句，選詩云『小人計其功，君子道其常』，樂天『疾惡若巷伯，好賢如緇衣』，乃兩句渾用之。韓『无妄之憂勿藥喜』，杜『誰謂荼苦甘如薺？富貴於我如浮雲』。」

又云：「永叔『堪笑區區郊與島，螢飛露溼吟秋草』，以爲二子之窮。然子美亦有『暗飛螢自照，水宿鳥相呼；幸因腐草出，敢近太陽飛』，雖吟詠微物，曾無一點窮氣。」

又云：「老杜『復道諸山得銀甕』，舊註引禮記山出器註，蓋瑞應圖曰：『王者讌不及醉，刑罰中，人不爲非，則銀甕出也。』昌黎『我有雙飲醆，其銀得朱提』，見漢志朱提銀八兩爲一流。註朱提屬犍爲，乃邑名也。」

又云：「沈約命王筠作郊居十詠，書於壁，不加篇題；約云：『此詩指物程形，無假題署。』老杜贈李潮八分歌云：『吾甥李潮下筆親，開元以來數八分；潮也奄有二子成三人。況潮小篆逼秦相，巴東逢李潮，潮乎，潮乎，奈汝何！』退之招揚之罘云：『之罘南山來，文字得我驚；我令之罘歸，失得柏與馬；之罘別我去，計出柏馬下；我自之罘歸；入門思而悲；之罘別我去，能不思我爲？作詩招之罘，晨夕抱飢渴。』嘗戲謂此二詩，眞不須題署也。」

又云：「李翺賦云：『衆器器而雜處兮，咸歎老而嗟卑；顧予心獨不然兮，慮行道之猶非。』文忠屢稱之。觀老杜『漢陰有鹿門，滄海有靈査；焉能學衆口，咄咄空咨嗟。』正同此意。」

又云：「牧之有『公道世間唯白髮，貴人頭上不曾饒』，嘗愛其語奇怪，似不蹈襲；後讀子美『苦遭白髮不相放』，爲之撫掌。」

又云：「老杜『卿到朝廷說老翁，漂零已是滄海客』；又『朝覲從容問幽仄，勿云江漢有垂綸』。其後夢得送陳中郎云：『若問舊人劉子政，而今頭白在商於。』送惠休則云：『休公久別如相問，楚客逢秋心更悲。』小杜『江湖酒伴如相問，終老烟波不計程』、『交遊話我憑君道，除却鱸魚更不聞』。商隱寄崔侍御云：『若向南臺見鶯友，爲言垂翅度春風。』臨川『故人一見如相問，爲道方尋木雁編』、『歸見江東諸父老，爲言飛鳥會知還』，聖俞『儻或無忘問姓名，爲言嬾拙皆如故』，坡『單於若問君家世，莫道中朝第一人』，皆有所因也。」

又云：「元道州春陵行云：『所願見王官，撫養以惠慈；奈何重驅逐，不使存活爲？緩逋違詔令，蒙責固所宜；亦云貴守官，不愛能適時。』賊退，示官吏云：『使臣將王命，豈不如賊焉？今彼徵斂者，迫之如火煎；誰能絕人命，以作時世賢。』子美志之曰：『今盜賊未息，知民疾苦，得結輩十數公爲邦伯，萬物吐氣，天下少安，立可待矣。』余謂漫叟所以能然者，先民後己，輕官爵，重人命故也。觀其賦石魚詩云：『金魚吾不須，軒冕吾不愛。』此所以能不徇權勢而愛民也。杜云『乃知正人意，不苟飛長纓。』可謂深相知矣。

又云：「老杜劉少府畫山水幛歌云：『反思前夜風雨急，乃是蒲城鬼神入；元氣淋漓幛猶溼，眞宰上訴天應泣。』應物聽嘉陵江聲云：『水性自云靜，石中本無聲；如何兩相激，雷轉空山鳴。』贈能吟李儋詩云：『絲桐本異質，音響合自然；吾觀造化意，二物相因緣。』臨川詠魯公壞碑云：『只書篆籀數變改，遂令後世多失眞；誰初妄鑿好與醜，坐令學士勞骸筋；堂堂魯公仁且勇，豈亦以此夸常民？直疑技有天德，不必強勉亦通神。』坡詠歙硯詩云：『與天作石來幾時？與人作硯初不辭；詩成鮑謝石何與？筆落鍾王硯不知。』此皆窮本探妙，超出準繩外，不特狀寫景物也。」

又云：「永叔『萬釘寶帶爛腰環』，人謂此帶幾度道著。觀子美『緋魚亦及之，扶病垂朱紱』、『絜帶著朱紱，銀章付老翁』，世未嘗識之者，豈以其人品不止宜此服邪？固常有云『朱紱負平生』，又云『居然綰章紱，受性本幽獨』。」

又云：「唐史載杜審言嘗云『吾文當得屈宋作衙官』，其孫有『讀書破萬卷，下筆如有神』；謂『蘇味道見吾判且羞死』，甫乃有『集賢學士如堵牆，看我落筆中書堂』；謂爲造化小兒所苦，甫乃有『日月籠中鳥，乾坤水上萍』，所謂『是以似之』也。」

又云：「杜云『築墻憐蟻穴，拾穗付村童』，人謂有仁民愛物意。臨川詠促織云『只向貧家促機抒，幾家能有一鉤絲？』愚謂世之嚴督征賦而不恤疲瘵之有無者，雖魁然其形，實微蟲智耳。」

又云：「坡有『欲吐狂言喙三尺，怕君嗔我却須吞』，嘗疑其語太怪；及觀杜集，亦有『臨風欲慟哭，聲出已復吞』；韋蘇州云『高秋長安酒，中憤不可吞』。」

又云：「淵明非畏枯槁，其所以感歎時化推遷者，蓋傷時之急於聲利也；杜老非畏亂離，其所以愁憤於干戈盜賊者，蓋以王室元元爲懷也。俗士何以識之？」

又云：「『家家養烏鬼』，沈存中以爲鸕鶿，說者謂非也。元微之詩云『病賽烏稱鬼，巫占瓦作龜』，自註云：南人染病，競賽烏鬼；楚巫列肆，悉賣瓦卜。此乃戲效俳體二首，其二亦云『瓦卜傳神語』，皆是處方言，則烏鬼非鸕鶿明矣。」

又云：「世人喜子美造次不忘君，嘗觀其祖審言除夜云：『還將萬億壽，更謁九重城。』則教忠之家風舊矣。」

又云：「老杜茅屋爲秋風所破歌云：『自經喪亂少睡眠，長夜沾溼何由徹？安得廣厦千萬間，大庇天下寒士多歡顏，風雨不動安如山？嗚呼！何時眼前突兀見此屋？吾廬獨破受凍死亦足。』樂天新製布裘云：『安得萬里裘，蓋裹周四垠？穩暖皆如我，天下無寒人。』新製綾襖成云：『百姓多寒無可救，一身獨暖亦何情！心中爲念農桑苦，耳裏如聞饑凍聲；爭得大裘長萬丈？與君都蓋洛陽城。』皆伊尹身任一夫不獲之幸也。或謂子美詩意，寧苦身以利人；樂天詩意，推身利以利人。二者較之，少陵爲難；然老杜飢寒而憫人飢寒者也，白氏飽人而憫人飢寒者也。易勞者易生於善慮，安樂者多失於不思，樂天宜優。又謂白氏之官稍達，而少陵尤卑；子美之語在前，而白在後；達者宜急，卑者可緩也；前者唱導，後者和之耳。同合而論，則老杜之人心差賢矣。」

又云：「永叔嘗謁執政，坐中賦雪詩有云『主人與國共休戚，豈惟喜悅得豐登；須憐鐵甲冷徹骨，四十餘萬屯邊兵。』當時乃謂韓退之亦能道言語，其豫裴晉公宴會，但云『林園窮勝事，鐘鼓樂淸時。』不曾如此作鬧。殊不知老杜一言一韻，未嘗不在於憂國恤人，物我之際，則淡然無著，夏日歎曰：『浩蕩想幽薊，王師安在哉？』夏夜歎曰：『念我荷戈士，窮年守邊疆。』此仁人君子之用心，終食不可忘也，邊兵之語，豈爲過哉。如退之『始知神官未聖賢，護短憑愚要我敬』、『雪徑抵樵叟，風廊折譚僧』，眞作鬧詩也。」

又云：「老杜贈李秘書『觸目非論故，新文尙啓予』，太白酬竇公衡云『曾無好事來相訪，賴爾高文一啓予』，韋蘇州『每一覩之子，高詠尙起予』，昌黎酬張韶州『將經貴郡煩留客，先惠高文謝啓予』，豈非用事偶合？數公非蹈襲者。」

又云：「千里蓴羹，未下監鼓，蓋言未受和耳。子美『豉化蓴絲熟』，又『豉添蓴菜紫』，聖俞送人秀州云『剩持鹽豉煮紫蓴』，魯直『監豉欲催蓴菜熟』。」

宋范晞文景文對牀夜雨云：「數物以箇，俗語也。老杜有『峽口驚猿聞一箇』、『兩箇黃鸝鳴翠柳』，雙字有『樵聲箇箇同』、『箇箇五花文』、『漁舟箇箇輕』、『却繞井欄添箇箇』。司空圖『鶴群長遶三珠樹，不借閒人『隻騎』，『隻』亦『箇』字之類。」

又云：「老杜逼仄行『自從官馬送還官，行路難行澀如棘』，汎江夜宴『燈前往往大魚出，聽曲低昂如有求』；退之曲江荷花『大明宮中給事歸，走馬來看立不正』，謁衡岳廟

『手持杯玟導我擲，云此最吉餘難同』。下三字似乎趁韻，而實有工於押韻者。」

又云：「子厚『西岑極遠目，毫末皆可了』，老杜有『齊魯青未了』；劉禹錫『一方明月可中庭』，老杜有『淸池可方舟』；退之『綠淨不可唾』，老杜『自爲青城客，不唾青城地』，乃知老杜無所不有。」

又云：「高適九日詩云：『縱使登樓祇斷腸，不如獨坐空搔首。』老杜有『羞將短髮還吹帽，笑倩旁人爲整冠』，亦反其事也。結句云『明年此會知誰健？醉把茱萸仔細看。』與劉希夷『今年花落顏色改，明年花開復誰在』之意同，氣長句雅俱不及杜。」

又云：「高適詩云：『林稀落日行人少，醉後無心怯路歧。』老杜有『前村山路險，歸醉每無愁。』詞簡意工，孰臻其妙？學造語者宜知之。」

又云：「老杜得弟信詩云：『浪傳烏鵲喜，深負鶺鴒詩。』喜觀卽到詩云：『待爾嗔烏鵲，拋書示鶺鴒。』是皆用鶺鴒寓兄弟事。其憶之則云：『百戰今誰在，三年望汝歸。』別之則云：『數杯巫峽酒，百丈內江船。』又止於盡憶別之意，未嘗用事也，亦何害不爲憶弟別弟之詩；其他與子侄之詩亦然。近因學許渾示弟詩有云：『家貧爲客早，路遠得書稀。』或謂不見示弟之意，不足爲佳，似未嘗讀杜詩也。」

又云：「好句易得，好聯難得，如『池塘生春草』之類也。唐人『天勢圍平野，河流入斷山』、『朽關生溼菌，傾屋照斜陽』、『風兼殘雪起，河帶斷氷流』、與闌啼鳥換，坐久落花多』、『客尋朝磬至，僧背夕陽歸』。『廢巢侵燒色，荒塚入鋤聲』、『石梯迎雨潤，沙井帶潮鹹』、『迸筍侵窻長，驚蟬出樹飛』，下句皆勝上句，老杜固不以此論其工拙；然亦時有此作，如『地卑荒野大，天遠暮江遲』、『亂雲低薄暮，急雪舞回風』、『深山催短景，喬木易高風』、『岸風翻夕浪，舟雪灑寒燈』、『風箏吹玉柱，露井凍銀牀』、『薄雲巖際宿，孤月浪中翻』、『遠鷗浮水靜，輕燕受風斜』等句，皆不免此病。」

又云：「韓偓落花詩云：『總得苔遮猶慰意，便教泥汚更傷心。』弱甚！老杜有『從教醉裏風吹盡，可待醒時雨打稀。』去偓輩遠矣。王建亦有『且願風留著，唯愁日炙銷。』正堪與偓詩上下。」

又云：「老杜入六弟宅詩云：『令弟雄軍佐，凡才汚省郎。』李嘉祐云：『故鄉那可到，令弟獨能歸。』初謂唐人自有此稱，及讀謝靈運酬惠連詩云：『末路値令弟，開顏披心胸。』乃知不始唐人也。」

又云：「老杜螢火詩：『幸因腐草出，敢近太陽飛；未足臨書卷，時能點客衣；隨風隔幔小，帶雨傍林微；十月清霜重，飄零何處歸？』韓退之云：『朝蠅不須驅，暮蚊不可拍；蠅蚊滿八區，可盡與相格；得時能幾時？與汝恣啖咋；涼風九月到，掃不見蹤跡。』疾惡之意一也，然杜微婉而韓急迫，豈亦目擊伾文輩專恣而惡之耶？」

又云：「老杜泉詩有云：明涵客衣淨，細蕩林影趣。』涵蕩二字，曲盡形容之妙。嚴維咏泉亦云：『獨映孤松色，殊分衆鳥喧。』頗得老杜話法。」

又云：「阮嗣宗咏懷云：『開軒臨四野，登高望所思；邱墓蔽山岡，萬代同一時；千秋萬歲後，榮名安所之？』可謂混貴賤之殊，盡死生之變。老杜云：『王侯與螻蟻，同盡隨邱墟。』則簡而妙矣。又劉越石答盧諶云：『何以贈子？竭心公朝。』老杜送嚴武云：『公若登台輔，臨危莫愛身。』鮑照東武吟云：『將軍既下世，部曲亦罕存。』老杜哭嚴僕射云：『素幔隨流水，歸舟返舊京；老親如夙昔，部曲異平生。』善用古者自不同。若『丈人試靜聽，賤子請具陳。』則又用鮑明遠『主人且勿喧，賤子歌一言』之句。又『身輕一鳥過』，亦用張景陽詩，張詩云：『人生瀛海內，忽如鳥過目。』」

宋張戒歲寒堂詩話云：「阮嗣宗詩專以意勝，陶淵明詩專以味勝，曹子建詩專以韻勝，杜子美詩專以氣勝；然意可學也，味亦可學也；若夫韻有高下，氣有強弱則不可強矣。此韓退之之文，曹子建杜子美之詩，後世莫能及也。」

又云：「世徒見子美詩多麤俗，不知麤俗語在詩句中最難；非麤俗，乃高古之極也，自曹劉死至今一千年，惟子美一人能之。中間鮑照雖有此作，然僅稱俊快，未至高古；元白張籍王建樂府，專以道得人心中事爲工，然其詞淺近，其氣卑弱；至於盧仝，遂有『不唧溜鈍漢，七碗吃不得』之句，乃信口亂道，不足言詩也。近世蘇黃亦喜用俗語，然時用之亦頗安排勉強，不能如子美胸襟流出也。子美之詩，顏魯公之書，雄姿傑，千古獨步，可仰而不可及耳。」

又云：「人格有分限，尺寸不可強，同一物也而詠物之工有遠近，皆此意也；而用意之工有深淺；」

「章八元題鴈塔云：『十層突兀在虛空，四十門開面面風；卻訝鳥飛平地上，忽驚人語半天中；回梯倒踏如穿洞，絕頂初攀似出籠。』此乞兒口中語也。」

「梅聖俞云：『復想下時險，喘汗頭目旋；不如且安坐，休用窺雲烟。』何其語之凡也。」

「東坡眞興寺閣云：『山林與城郭，漠漠同一形；市人與鴉鵲，浩浩同一聲；側身送落日，引手攀飛星；登者尙呀咻，作者何以勝？』登靈隱寺塔云：『相勸小舉足，前路高且長，漸聞鐘磬音，飛鳥皆下翔；入門亦何有？雲海浩茫茫。』意雖有佳處，而語不甚工，蓋失之易也。」

「劉長卿登西靈寺塔云：『化塔凌虛空，雄規壓川澤；亭亭楚雲外，千里看不隔；盤梯接元氣，坐壁栖夜魄。』」

「王介甫登景德寺塔云：『放身千仞高，北望太行山；邑屋如蜡冢，蔽虧塵霧間。』此二詩語雖稍工，而不爲難到。」

「杜子美則不然，登慈恩寺塔云：『高標跨蒼天，烈風無時休；自非曠士懷，登茲翻百憂。』不待云『千里』、『千仞』、『小擧足』、『頭目旋』，而窮高極遠之狀，可喜可愕之趣，超軼絕塵而不可及也。『七星在北戶，河漢聲西流；羲和鞭白日，少昊行淸秋。』視東坡『側身』『引手』之句陋矣。『泰山忽破碎，涇謂不可求；俯視但一氣，焉能辨皇州？』豈特『邑屋如蟻冢，蔽虧塵霧間』『山林城郭漠漠一形』『市人鴉鵲浩浩一聲』而已哉？人才有分限，不可強，乃如此。」

又云：「杜子美登慈恩寺塔云：『回首叫虞舜，蒼梧雲正愁；惜哉瑤池飲，日晏崑崙秋。』此但言其窮高極遠之趣耳。南及蒼梧，西及崑崙，然而叫虞舜，惜瑤池，不爲無意也。白帝城最高樓云：『扶桑西枝對斷石，弱水東影隨長流。』使後來作者如何措手！東坡登常山絕頂廣麗亭云：『西望穆陵關，東望瑯琊臺，南望九仙山，北望空飛埃，相得叫虞舜，遂欲歸蓬萊。』襲子美已陳之迹，而不逮遠甚。」

又云：「楊太眞事，唐人吟詠至多；然類皆無禮。太眞配至尊，豈可以兒女語黷之耶？惟子美則不然，哀江頭云：『昭陽殿裏第一人，同輦隨君侍君側。』不待云嬌侍夜醉和春，而太眞之專寵可知；不待云玉容梨花，而太眞之絕色可想也。至於言一時行樂事，不斥言太眞，而但言輦前才人，此意尤不可及。如云『翻身向天仰射雲，一笑正墜雙飛翼。』不待云『緩歌慢舞凝絲竹，盡日君王看不足。』而一時行樂可喜事，筆端畫出，宛在目前。

『江水江花豈終極？』不待云『比翼鳥，連理枝，此恨綿綿無盡期』，而無窮之恨，黍離麥秀之歌，寄於言外。題云哀江頭，乃子美在賊中時，潛行曲江，覩江水江花，哀思而作，其詞婉而雅，其意微而有禮，眞可謂得詩人之旨者。長恨歌在樂天詩中爲最下；連昌宮詞在元微之詩中，乃最得意者，二詩工拙雖殊，皆不若子美詩微而婉也。元白數十百言，竭力摹寫，不若子美一句；人才高下乃如此！」

又云：「韓退之之文，得歐公而後發明；陸宣公之議論，陶淵明柳子厚之詩，得東坡而後發明；子美之詩，得山谷而後發明，後世復有揚子雲，必愛之矣，誠然誠然。往在桐廬，見呂舍人居仁，余問：『魯直得子美之髓乎？』居仁曰：『然。』『其佳處焉在？』居仁曰：『禪家所謂死蛇弄得活。』余曰：『活則活矣，如子美「不見旻公三十年，封書寄汝淚潺湲；舊來好事今能否？老去新詩誰與傳？」此等句，魯直少日能之。「方丈涉海費時節，元圃尋河知有無；桃源人家易制度，橘州田土仍膏腴。」此等句，魯直晚年能之。至於子美「客從南溟來」，「朝行青泥上」，壯遊、北征，魯直能之乎？如「莫自使眼枯，收汝淚縱橫；眼枯却見骨，天地終無情」此等句，魯直能到乎？』居仁沈吟久之曰：『子美詩有可學者，有不可學者。』余曰：『然則未可謂之得髓矣！』」

又云：「作麤俗語倣杜子美，作破律句倣黃魯直，皆初機爾；必欲入室升堂，非得其意則不可。張文潛與魯直同作中興碑詩，然其工拙不可同年而語。魯直自以爲入子美之室，若中興碑詩，則眞可謂入子美之室矣。首云『春風吹船著語溪』，末云『凍雨爲洗前朝悲』，鋪叙云云，人能道之，不足爲奇。」

又云：「王介甫只知巧語之爲詩，而不知拙語亦詩也；山谷只知奇語之爲詩，而不知常語亦詩也。歐陽公詩，專以快意爲主；蘇端明詩，專以刻意爲工。李義山詩，只知有金玉龍鳳；杜牧之詩，只知有綺羅脂粉；李長吉詩，只知有花草蜂蝶；而不知世間一切皆詩也。惟杜子美則不然，在山林則山林，在廊廟則廊廟，遇巧則巧，遇拙則拙，遇奇則奇，遇俗則俗，或放或收，或新或舊，一切物，一切事，一切意，無非詩者，故曰：『吟多意有餘。』又曰：『詩盡人間興。』誠哉是言！」

又云：「孔子刪詩，取其思無邪者而已。自建安七子六朝有唐及近世諸人，思無邪者惟陶淵明杜子美耳，餘皆不免落邪思也。魯直雖不多說婦人，然其韻度矜持，冶容太甚，讀之足以蕩人心魄，此正所謂邪思也。魯直專學子美；然子美詩讀之使人凛然興起，肅然生敬，詩序所謂經夫婦，成孝敬，厚人倫，敦教化，移風俗者也，豈可與魯直詩同年而語耶？」

金王若虛從之滹南詩話云：「山谷自謂得法於少陵，而不許於東坡。以余觀之，少陵，典謨也；東坡，孟子之流；山谷則揚雄法言而已。」

元楊載詩法家數云：「詩體三百篇，流爲楚詞，爲樂府，爲古詩十九首，爲蘇李五言，爲建安黃初，此詩之祖也；文選，劉琨阮籍潘陸左郭鮑謝諸詩，淵明全集，此詩之宗也；老杜全集，詩之大成也。」

元韋安居梅磵詩話云：「杜子美茅屋爲秋風所敗歌云：『安得廣厦千萬間，大庇天下寒士俱歡顏？』白樂天製綾襖詩云：『安得大裘長萬丈，與君都蓋洛陽城？』䂬溪詩話云：『觀美樂天詩意，直欲推身利以利人。』余近閱遺山元好問酒詩云：『去古日已遠，百僞無一眞；獨惟醉鄉地，中有羲皇淳；聖教難爲功，乃見酒力神；誰能釀滄海，盡醉區中民？』詩意宏濶，亦非苟作。」

又云：「杜子美戎州詩，有『重碧粘春酒，輕紅擘荔枝』之句，范石湖吳船錄云：『印本『粘』作『酟』，郡有碑本，乃作『粘』字，當以碑本爲正。』石湖之說，固有所據；然考之元微之元日詩云：『羞看稚子先拈酒。』白樂天詩云：『歲酒先拈辭不得。』拈，指取物也，乃唐人語，作『粘』作『酟』皆非。」

又云：「前輩詠子規者多矣，杜老一篇，專諷明皇失位幸蜀，肅宗自卽位靈武，又爲李輔國所間，遷明皇於西內，故云『君不見蜀天子，化作杜鵑似老烏；寄巢生子不自啄，羣鳥至今爲哺雛；雖同君臣有舊禮，骨肉滿眼身羈孤。』末云『萬事反覆何所無？豈憶當殿羣臣趨。』又有『君看羣鳥情，猶能事杜鵑』之句，皆託此以諷也。建炎間，苗傳劉正彥作亂，是時中丞鄭瑴蜜遣謝嚮如平江，仍作詩寄呂元直張德遠二公云：『杜鵑飛飛無定期，寄巢生子百鳥依；園林花老晝夜啼，安得猛士挾以歸？』呂張得詩卽起兵，成復辟功，詩不徒作也。巴蜀自丙申丁酉以來，遭兵禍不歇，冰崖蕭斯立一絕云：『思歸言語苦悲辛，啼老江南綠樹春；莫倚巴西君故土，巴西風景近愁人。』語新意警，亦非泛泛之作。」

元吳禮部詩話云：「老杜七言長篇，句多作對，皆深穩矯健。洗兵馬行，除首尾及攀龍附鳳云云兩句不對，司徒尙書一聯稍散異，餘無不對者，尤爲諸篇之冠。韓公長句皆不對，其體正相反。」

明楊愼升菴詩話云：「杜工部竹詩『會須上番看城竹』，獨孤及詩『舊日霜毛一番新，別時芳草兩回春；不堪花落花開處，況是江南江北人。』番，去聲。但杜公竹詩，番字於義不叶。韓石溪都憲家有蔡孟弼杜詩註，『上番』音『上筤』，蜀名竹叢曰林筤，易說卦爲蒼筤竹，古註音浪。」

又云：「尹式和宋之問詩：『愁鬢含霜白，衰顏寄酒紅。』杜子美云：『鬢短何須白？

顏衰肯再紅。』宋陳山云：『短髮愁催白，衰顏酒借紅。』皆互相取用，各不失爲佳。」

又云：「杜子美詩『不嫁惜娉婷』，此句有妙理，讀者忽之耳。陳后山衍之云：『當年不嫁惜娉婷，傅粉施朱學後生；不惜捲簾通一顧，怕君着眼未分明。』深得其解矣。蓋士之仕也，猶女之嫁也；士不可輕於從仕，女不可輕於許人也；着眼未分明，相知之不深也。古人有相知之深，審而始出以成其功者，伊尹孔明是也；有相知不深，確乎不出以成其名者，嚴光蘇雲卿是也；有相知不深，闖然以出，身名俱失者，劉歆荀彧是也。白樂天詩『寄言痴小人家女，愼勿將身輕許人』，亦子美之意乎！」

又云：「杜子美竹詩『雨洗娟娟淨，風吹細細香』，李長吉新筍詩『斫取青光寫楚詞，膩香春粉黑離離』，又昌谷詩『竹香滿凄寂，粉節塗生翠』，竹亦有香，細嗅之乃知。」

又云：「庾開府詩『羊腸連九坂，熊耳對雙峯』，鮑照詩『二崤虎口，九折羊羣』，可謂工矣！比之杜工部『高風聚螢，鸎子鶯歌』之句，則杜覺偏枯矣。」

又云：「杜子美迯人迎養詩『青青竹筍迎船出，白白江魚入饌來』，用孟宗姜詩事。韋蘇州迯人省覲，亦云『沃野收紅稻，長江釣白魚』，又云『洞庭摘朱果，松江獻白鱗』。然杜不如韋多矣，『青青』字自好，『白白』近俗，有似兒童『白白一羣鵝，被人趕下河』之謠也，豈大家語哉？」

又云：「杜詩『江平不肯流』，意求工而語反拙，所謂鑿混沌而畫蛇足，必夭性命而失厄酒也，不若李羣玉樂府云『人老自多愁，水深難急流』也；又不若巴渝竹枝詞云『大河水長漫悠悠，小河水長似箭流』，詞愈俗愈工，意愈淺愈深。」

又云：「杜詩『楓樹坐猿深』，又『黃鶯並坐交愁濕』，『坐』字奇崛；張說詩『樹坐參猿嘯，沙行入鷺羣』，前人已云矣。」

又云：「謝宣遠詩『離會雖相親』，杜子美『忽漫相逢是別筵』之句實祖；顏延年詩『春江壯風濤』，杜子美『春江不可渡，二月已風濤』之句實衍之；故子美諭兒詩曰：『熟精文選理。

又云：「陳僧慧標咏水詩『舟如空裏泛，人似鏡中行』；沈佺期釣竿篇『人如天上坐，魚似鏡中懸』；杜子美『春水船如天上坐，老年花似鏡中看』，雖用二子之句，而壯麗倍之，可謂得奪胎之妙矣。」

又云：「杜子美詩『步檐倚杖看牛斗』，檐古簷字。楚詞大招，『曲屋步櫩』，注：曲屋，周閣也；步櫩，長砌也。司馬相如賦，『步櫩周流，長途中宿』，櫩亦古簷字也，又梁陸倕鍾山寺詩『步簷時中宿，飛階或上征』；沈氏滿願詩『步簷隨新月，挑燈惜落花』；杜公蓋襲用其字，後人不知，妄改作『步蟾』。且前句有『新月』字，而結句又云『步蟾』，複矣。況『步蟾』乃舉子坊碑字，杜公詩寧有此惡字耶？甚矣！士俗不可不醫也。」

又云：「包佶詩『波影倒江楓』，與杜詩『石出倒聽楓葉下』同意，二句並工，未易優劣也。」

又云：「俗謂柔言索物曰泥，乃計切，諺所謂軟纏也。杜子美詩『忽忽窮愁泥殺人』；元微之憶內詩『顧我無衣搜畫匣，泥他沽酒拔金釵』；非煙傳詩曰：『郎心應似琴聲怨，脉脉春情更泥誰？』」

又云：「韋應物螢火詩：『月暗竹亭幽，螢火拂席流；還如故園夜，又度一年秋。』『暫愜觀書興，何慙秉燭遊？府中徒冉冉，明發好歸休。』此二詩絕佳，予愛之。比之杜子美，則杜似太露。」

又云：「定陶孫器之評詩曰：『獨唐杜工部如周公制作，後世莫可擬議。』」

又云：「梅聖俞詩『南隴鳥過北隴叫，高田水入低田流。』山谷詩『野水自添田水滿，晴鳩却喚雨鳩來。』李若水詩『近村得雨遠村同，上圳波流下圳通。』其句法皆自杜子美『桃花細逐楊花落，黃鳥時兼白鳥飛』之句來。」

又云：「長沙道林岳麓二寺之勝，聞於天下，蓋因杜工部之一詩也。杜公之後，有沈傳師二詩，崔珏一詩，韋蟾一詩，皆效工部之體。」

又云：「謝靈運詩『曉聞夕飈急，晚見朝日暾』，此語殊有變互。凡風起必以夕，此云曉聞夕飈，卽杜子美之『喬木易高風』也。晚見朝日，倒景反照也。」

又云：「絕句者，一句一絕，起於四時詠，『春水滿四澤，夏雲多奇峯，秋月揚明輝，冬嶺秀孤松』是也。或以爲陶淵明詩，非。杜詩『兩箇黃鸝鳴翠柳』實祖之。」

又云：「七言律自初唐至開元，名家如太白浩然韋儲集中，不過數首，惟少陵獨多至二百首，其雄壯鏗鏘，過於一時，而古意亦少衰矣。譬之後世擧業，時文盛而古文衰廢，自然之理。」

又云：「老杜高自稱許，有乃祖之風，上書明皇云：『臣之述作，沈鬱頓挫，揚雄枚皐，可企及也。』壯遊詩則自比於崔魏班揚，又云『氣劘屈賈壘，目短蕭劉墻。』贈韋左丞則曰：『賦料揚雄敵，詩看子建親。』甫以詩雄於世，自比諸人，誠未爲過；至『竊比契與稷』則過矣。史稱甫好論天下大事，高而不切，豈自比稷契而然邪？至云『止感九廟焚，下憫萬人瘡；斯時伏青蒲，廷爭守御牀。』其忠藎亦可嘉矣。」

又云：「杜少陵游何將軍山林詩『雨抛金鎖甲，苔臥綠沉鎗』，竹坡周少陵詩話云：『甲抛於雨，爲金所鎖；鎗臥於苔，爲綠所沉，有將不好武之意。』此瞽者之言也。薛氏補遺云：『綠沉精鐵也。』引隋書文帝賜張奫綠沉之甲；趙德麟侯鯖錄，謂綠沉爲竹，引陸龜蒙詩『一架三百竿，綠沉森杳冥』，雖少有據，然亦非也。予考綠沉，乃畫工設色之名，鄴中記云：『石虎造象牙桃紙扇，或綠沉色，或木蘭色，或紫紺色，或鬱金色。』王羲之筆經云：『有人以綠沉漆管見遺。』南史梁武帝西園食綠沉瓜，是綠沉卽西瓜皮色也。梁簡文詩『吳戈夏服箭，驥馬綠沉弓』，虞世南詩『綠沉明月弦』，劉劭趙都賦『弩有黃間綠沉』。

若如薛與趙之說，鐵與竹豈可爲弓弦耶？楊巨源詩『吟詩白羽扇，校獵綠沉鎗』，與杜少陵之句同，皆謂以綠沉色爲漆飾鎗柄。」

又云：「杜詩『銜盃樂聖稱避賢』，用李適之『避賢初罷相，樂聖且銜盃』句也。今本作『世賢』，非。『更取楸花媚遠天』，今本作『椒花』，非。椒花色綠，與葉無辨，不可言媚。」

又云：「唐人樂府，多唱詩人絕句，王少伯李太白爲多。杜子美七言絕近百，錦城妓女獨唱其贈花卿一首，所謂『錦城絲管日紛紛，半入江風半入雲；此曲祇應天上有，人間能得幾回聞』也。蓋花卿在蜀，頗僭用天子禮樂，子美作此諷之，而意在言外，最得詩人之旨。當時妓女，獨以此詩入歌，亦有見哉。杜子美詩，諸體皆有絕妙者，獨絕句本無所解，而近世乃效之而廢諸家，是其眞識冥契，猶在唐世妓人之下乎？」

又云：「陳張正見鄰舍詩曰：『簷高同落照，巷小共花飛。』符載詩『綠迸穿籬笋，紅飄隔戶花』。于鵠詩『蒸藜嘗共竈，澆薤亦同渠；傳屐朝尋藥，分燈夜讀書。』劉長卿『鷄聲共林巷，燭影隔茅茨。』徐鉉詩『井泉分地脈，碪杵共秋聲。』梅聖俞詩『籬根分井口，壁隙透燈光。』總不如杜工部贈朱山人云：『相近竹參差，相遇人不知；幽花歌滿樹，曲水細通池；歸客村非遠，殘樽席更移；看君多道氣，從此數相隨。』渾成不見刳劂，而句句切題。

又云：「杜詩『關山同一點』，『點』字絕妙，東坡亦極愛之，作洞仙歌云『一點明月窺人』，用其語也。赤壁賦云『山高月小』，用其意也。今書坊本，改『點』作『照』，語意索然。且關山同一照，小兒亦能之，何必杜公也。幸草堂詩餘註可證。」

又云：「安祿山之亂，哥舒翰與賊將崔乾祐戰，見黃旗軍數百隊，官軍以爲賊，賊以爲官軍，相持久之，忽不見，是日昭陵內石馬皆汗流，杜詩『玉衣晨自擧，鐵馬汗長趨』，李義山亦云『天敎李令心如日，可待昭陵石馬來。』」

又云：「鮑照詩『秋霜曉驅鴈，春雨暗成虹』，佳句也，杜子美詩『朔風驅胡鴈，慘淡帶沙礫』之句本此。又陽休之洛陽伽藍記有『北風驅鴈，千里飛雲』之語，庾信詩『秋風驅亂螢』，句亦奇甚！」

明王世禎藝苑巵言云：「楊用脩所載：七仄如宋玉『吐舌萬里唾四海』，緯書『七變入臼米出甲』，佛偈『一切水月一切攝』；七平如文選『離袿飛綃垂纖羅』，俱不如老杜『梨花梅花參差開』、『有客有客字子美』和美易讀，而不之及。」

又云：「古樂府『悲歌可以當泣，遠望可以當歸。』二語妙絕。老杜『玉佩仍當歌。』當字出此，然不甚合作，可與知者道也。用脩引孟德『對酒當歌』云：『子美一闡明之，不然，讀者以爲「該當」之「當」矣。』大贖贖可笑！孟德正謂遇酒卽當歌也，下云「人生幾何」可見矣。若以對酒當歌作去聲，有何趣味？」

又云：「有一貴人時名者，嘗謂予：『少陵傖語，不得勝摩詰，所喜摩詰也。』予答言：『恐足不喜摩詰耳，喜摩詰又焉能失少陵也？少陵集中，不啻有數摩詰。能洗眼靜坐三年讀之乎？』其人意不懌去。」

又云：「岑參李益，詩語不多，而結法撰意，雷同者幾半，始信少陵如韓淮陰多多益辦耳。」

又云：「盧照鄰語如『衰鬢似秋天』，駱賓王語如『候月恆持滿，尋源屢鑿空』，絕似老杜。」

又云：「宋詩如林和靖梅花詩，一時傳誦。暗香疎影，景態雖佳，已落異境，是許渾至語，非開元大曆人語；至霜禽粉蝶，直五尺童耳。老杜云：『幸不折來傷歲暮，若爲看去亂鄉愁。』其次則李羣玉云：『玉鱗寂寂飛斜月，素手亭亭對夕陽。』大有神采，足爲梅花吐氣！」

又云：「有點金成鐵者，少陵有句云：『昨夜月同行。』陳無已則云：『勤勤有月與同歸。』少陵云『暗飛螢自照』，陳則云『飛螢元失照』；少陵云『文章千古事』，陳則云『文章平日事』；少陵云『乾坤一腐儒』，陳則云『乾坤着腐儒』；少陵云『寒花只自香』，陳則云『寒花亦自香』，一覽可見。」

又云：「子瞻多用事實，從老杜五言古排律中來；魯直用生拗句法，或拙或巧，從老杜歌行中來；介甫用生重字於七言絕句及頷聯內，亦從老杜律中來；但所謂差之毫釐，謬以千里耳。骨格既定，宋詩亦不妨看。」

又云：「國朝(明)習杜者凡數家，華容孫寬得杜肉，東郡謝榛得杜貌；華州王維楨得杜一支，閩州鄭善夫得杜骨；然就其所得，亦近似耳；唯孟陽具體而微。」

明謝榛四溟詩話云「杜子美詩『日出籬東水，雲生舍北泥，竹高鳴翡翠，沙僻舞鵾雞。』此一句一意，摘一句，亦成詩也。蓋嘉連詩『打起黃鶯兒，莫教枝上啼，啼時驚妾夢，不得到遼西。』此一篇一意，摘一句，不成詩矣。」

又云：「鶴林玉露曰：詩惟拙句最難，至於拙則渾然天成，工巧不足言矣。若子美『雷聲忽近千峯雨，花氣渾如百和香』之類，語平意奇，何以言拙？劉禹錫望夫石詩『望來已是幾千載，只是當年初望時』，陳后山謂辭拙意工是也。」

又云「左太冲魏都賦曰：『八極可圍於寸眸。』子美『乾坤萬里眼』之句，意本於此；若曰『眸』則不佳矣。」

又云：「律詩重在對偶，妙在虛實，子美多用實字，高適多用虛字，惟虛字極難，不善學者失之。實字多則意簡而句健，虛字多則意繁而句弱，趙子昂所謂兩聯宜實是也。子美和裴廸早梅相憶之作，兩聯用二十二虛字，句法老健，意味深長，非巨筆不能到。」

又云：「江總『平海若無流』，馬周『潮平似不流』，杜甫『江平若不流』，三公造語相類，馬句穩而佳。」

又云：「王融『灑淚與行波』，不如子美『故憑錦水將雙淚，好過瞿塘灩澦堆。』」

又云：「陸士衡日出東南隅，謝靈連還舊圖，沈休文拜陵廟，皆不過二十韻；洛陽王偉用五十韻獻湘東王；迨子美夔府趚有百韻。」

又云：「陳后主曰：『日月光天德，山河壯帝居。』氣象宏濶，辭語精確，爲子美五言句法之祖。」

又云：「莊子曰：『儵魚出遊從容，是魚樂也。』白居易曰：『獺捕魚來魚躍出，此非魚樂是魚驚。』翻案莊子而無趣。家語曰：『水至淸則無魚。』杜子美曰：『水淸反多魚。』翻案家語而有味。」

又云：「韓昌黎曰：『婦人不下堂，遊子在萬里。』託興高遠，有風人之旨；杜少陵曰：『丈夫則帶甲，婦人終在家。』此文不逮意，韓詩爲優。」

又云：「杜子美七歌，本於十八拍。文天祥六歌，與杜異世同悲。李獻吉亦有七歌，惜非其時耳。」

又云：「劉禹錫贈白樂天兩聯用兩高字，『雪裏高山頭白早』，『於公必有高門慶』，自註云：『高山本高，高門使之高，二義不同。』自恕如此。兩聯最忌重字，或犯首尾可矣。」

子美曰：『江閣邀賓許馬迎，醉於馬上往來輕』；王維曰：『尙衣方進翠雲裘，萬國衣冠拜冕旒』；二公重字，不害爲大家。」

又云：「子美居夔州上句曰：『春知催柳別』、『農事聞人說』，別說同韻；王維溫泉下句曰：『新豐樹裏行人度』、『聞道甘泉能獻賦』，度賦同韻，此非詩家正法。章碣上句皆用翰韻，尤可怪也。」

又云：五言律首句用韻，宜突然而起，勢不可遏，若子美『若日在簾鉤』是也；若許渾『天晚日沉沉』便無力矣。」

又云：「武元衡曰：『殘雲帶雨過春城。』韓致光曰：『斷雲含雨入孤村。』二句巧思，不及子美『澹雲疎雨過高城』句法自然。」

又云：「子美不遭天寶之亂，何以發忠憤之氣，成百代之宗：國朝何仲默亦遭壬申之亂，但過於哀傷爾。」

又云：「杜甫見道過於韓愈，如『白小羣分命』、『文章有神交有道』、『隨風潛入夜』、『水流心不競』、『出門流水住』等語，皆是道也。」

又云：「馬子端曰：『楚詞悲感激迫，獨橘頌一篇，溫厚委曲。子美「明霞高可餐」，卽「維北有斗，不可以挹酒漿」之意。』」

又云：「宋之問『鬒髮俄成素，丹心已作灰』，子美『白髮千莖雪，丹心一寸灰』；張說『洞房懸月影，高枕聽江流』，子美『疎簾殘月影，高枕遠江聲』；李羣玉『水流寧有意，雲從本無心』，子美『水流心不競，雲在意俱遲』；徐晶『翡翠巢書幌，鴛鴦立釣磯』，子美『翡翠鳴衣桁，蜻蜓立又釣絲』；韋莊『百年流水盡，萬事落花空』，子美『流水生涯盡，浮雲世事空』；陳陶『九江春水濶，三峽暮雲深』，子美『九江春水外，三峽暮帆前』。諸公句意相類，子美自優。」

又云：「岑參寄左省杜拾遺詩云：『聯步趨丹陛，分曹限紫微；曉隨天仗入，暮惹御香歸；白髮悲花落，青雲羨鳥飛；聖朝無闕事，自覺諫書稀。』杜甫答岑補闕見贈云：『竊窕清禁闕，罷朝歸不同；君歸丞相後，我往日華東；冉冉柳枝碧，娟娟花蕊紅；故人得佳句，獨贈白頭翁。』岑詩警絕，杜作殊不愜意，譬如善奕者，偶爾輕敵，輸此一着。」

又云：「江淹貽袁常侍詩曰：『昔我別秋水，秋月麗秋天；今君客吳坂，春日媚春泉。』子美哭蘇少監詩曰：『得罪台州去，時違棄碩儒；移官蓬閣後，穀貴沒潛夫。』此皆隔句對，亦謂之扇對格；然祖於采薇詩『昔我往矣，楊柳依依；今我來思，雨雪霏霏。』」

又云：「詩韻罕用腥字，胡曾洞庭湖絕句『魚龍吹浪水雲腥』，造句儘佳。瀋憲王夜雨頷聯『樹濕鴉羣重，雲低龍氣腥』，格律尤勝。杜子美索居三十韻『宇宙一羶腥』，此句非不能工，蓋長律牽於韻爾。」

又云：「子美秋野詩『水深魚極樂，林茂鳥知歸』，此適會物情，殊有天趣；然本於子建離思賦『水重深而魚悅，林脩茂而鳥喜』。二家辭同工異，則老杜之苦心可見矣。」

明瞿　佑宗吉歸田詩話云：「老杜琴台詩云：『茂陵多病後，尙愛卓文君；酒肆人間世，琴臺日暮雲；野花留寶靨，蔓草見羅裙；歸鳳求凰意，寥寥不復聞。』寶靨羅裙，蓋詠文君服飾，而用意亦精矣；以大家數而爲此語，近於雕琢；然全篇相稱，所以不可及。近閱李琬傳，有『蔓草野花留服飾，風魂月魄斷知聞。』知其出於此，然亦善用事。」

明俞　弁逸老堂詩話云：「杜詩『銜杯樂聖稱避賢。』用李適之『避賢初罷相，樂聖且銜杯』之句，今俗本作『世賢』者，非也。」

又云：「杜子美有從韋明府續處覓錦竹兩三叢詩，黃鶴注云：『考竹譜竹記，無錦竹，意其文如錦名之。竹記有蒸竹篛躗竹，其皮類繡，豈卽此乎？』劉須溪亦不知所謂，近閱梅聖俞宛陵集錦竹詩云：『雖作湘竹紋，還非楚筠質；化龍徒有期，待鳳曾無實；本與凡草俱，偶親君子室。』又有注其下云：『此草似竹而斑。』始知黃鶴有金注之昏耳。」

又云：「杜詩云：『江蓮搖白羽，天棘蔓青絲。』王荽猗春晚詩云：『絲絲天棘出莓墻。』天棘，天門冬也，如薇香而蔓生，洪覺範以爲柳，非也。」

又云：「老杜秋興云：『紅稻啄殘鸚鵡粒，碧梧棲老鳳凰枝。』荆公效其錯綜體，有

『繰成白雪桑重綠，割盡黃雲稻正青。』言繰成，則知白雪爲絲；言割盡，則知黃雲爲麥矣。近時吳興邱大祐有『梧老鳳凰枝上雨，稻香鸚鵡粒中秋。』亦得老杜不言之妙。」

又云：「古人服善，往往推尊於前輩，如杜少陵『不見高人王右丞，藍田邱壑蔓寒藤；』『復憶襄陽孟浩然，淸詩句句盡堪傳。高適則云：美名人不及，佳句法如何？』岑參則云：『謝朓每篇堪諷詠。』如李白過黃鶴樓則云：『眼前有景道不得，崔浩題詩在上頭。』又云：『令人却懷謝玄暉。』韓退之云：『李杜文章在，光芒萬丈長。』又云：『少陵無人謫仙死，才薄將奈石鼓何！』宋韓維詩云：『自愧效陶無好語，敢煩凌杜發新章。』古人如此推讓；今人操觚未能成章，輒濶視前古爲無物，近見詠月詩有『李白無多讓，陶潛亦浪傳』之句，是何語也？可謂狂瞽甚矣！或有駁余曰：『老杜有「氣劘屈賈壘，目短曹劉墻。」又云：「賦料揚雄敵，詩看子建親。」亦高自稱許。』予曰：『在老杜則可，餘則不可。』」

又云：「老杜竹詩云：『兩洗娟娟淨，風吹細細香。』太白雪詩云：『瑤臺雪花數千點，片片吹落春風香。』李賀四月詞云：『依微香雨青氛氳。』元微之詩云：『雨香雲澹覺微和。』以世眼論之，則曰：『竹雪雨何嘗有香也？』」

明都　穆南豪詩話云：「世人作詩，以敏捷爲奇，以連篇累冊爲富，非知詩者也。老杜云：『語不驚人死不休』，蓋詩須苦吟，則語方妙，不特杜爲然也。賈閬仙云：『兩句三年得，一吟雙淚流。』孟東野云：『夜吟曉不休，苦吟鬼神愁。』盧延遜云：『險覓天應悶，狂搜海亦枯。』杜荀鶴云：『生應無輟日，死是不吟詩。』予由是知詩之不工，以不用心之故，蓋未有苦吟而無好詩者。唐山人題詩瓢云：『作者方知吾苦心。』亦此意也。」

又云：「老杜詩云：『安得廣厦千萬間，大貯天下寒士俱歡顏。』白樂天詩云：『安得大裘長萬丈，與君都蓋洛陽人。』二公其先天下之憂而憂者歟。」

明王世懋秇圃擷餘云：「唐人無五言古就中有酷似樂府語而不傷氣骨者，得杜工部四語曰：『兎絲附蓬麻，引蔓故不長；嫁女與征夫，不如棄路傍。』不必其調云何，而直是見道者，得王右丞四語曰：『曾是許巢淺，始知堯舜深；蒼生詎有物，黃屋如喬林。』」

明陸時雍詩鏡總論云：「少陵五古，材力作用，本之漢魏居多；第出手稍鈍，苦雕細琢，降爲唐音。夫一往而至者，情也；苦摹而出者，意也；若有若無者，情也；必然必不然者，意也。意死而情活，意跡而情神，意近而情遠，意僞而情眞，情意之分，古今所由判矣。少陵精矣刻矣！高矣卓矣！然而未齊於古人者，以意勝也。假令以古詩十九首與少陵作，便是首首皆意；假令以石壕諸什與古人作，便是首首皆情，此皆有神往神來不知而自至之妙。太白則幾及之矣！十五國風皆設爲其然而實不必然之詞，皆情也。晦翁說詩，皆以必然之意當之，失其旨矣！數千百年以來，憒憒於中而不覺者衆也。」

又云：「詩之所以病者，在過求之也，過求則眞隱而僞行矣。然亦有各有故在：太白之不眞也，爲材使；少陵之不眞也，爲意使；高岑諸人不眞也，爲習使；元白之不眞也，爲詞使；昌黎之不眞也，爲氣使。人有外藉以爲之使者，則眞相隱矣。」

又云：「唐人早朝，惟岑參一首，最爲正當，亦語語悉稱；但格力稍平耳。老杜詩，失早字意，祗得起語見之；龍蛇燕雀，亦嫌矜擬太過。『眼前景致道不得，崔灝題詩在上頭。』此語可參詩家妙訣。朱晦翁云：『向來枉費推移力，此日中流自在行。』乃知天下事枉費推移者之多也。」

又云：「盛唐人工於綴景，惟杜子美長於言情，人情向外，見物易而自見難也。司空曙『乍見翻疑夢，相悲各問年』，李益『問姓驚初見，稱名識舊容』，撫懷述愫，罄快極矣。因之思三百篇，情緒如絲，繹之不盡，漢人曾道隻字不得。」

又云：「五言古，非神韻綿綿，定當捉矛露肘。劉駕曹鄴，以意撑持，雖不迨古。亦所謂鐵中錚錚，庸中姣姣矣。善用意者，使有意如無，隱然不見。造無爲有，化有爲無，自非神力不能。以少陵之才，能使其有而不能使其無耳。」

明李東陽麓堂詩話云：「詩貴意，意貴遠不貴近，貴淡不貴濃，濃而近者易識，淡而遠者難知。如杜子美『鈎簾宿鷺起，凡藥流鶯囀』。『不通姓字麤豪甚，指點銀缾索酒嘗』、『銜泥點涴琴書內，更接飛蟲打著人』；李太白『桃花流水杳然去，別有天地非人間』；王摩詰『返景入深林，復照莓苔上』；皆淡而愈濃，近而愈遠，可與知者道，難與俗人言。」

又云：「唐詩，李杜之外，孟浩然王摩詰稱大家，王詩豐縟而華麗；孟却專心古淡，而悠遠深厚，自無寒儉枯瘠之病。由此言之，則孟爲尤勝。儲光羲有孟之古，而深遠不及；岑參有王之縟，而又以華靡掩之；故杜子美稱『吾憐孟浩然』，稱『高人王右丞』，而不及儲岑，有以也夫。」

又云：「詩與文不同體，昔人謂杜子美以詩爲文，韓退之以文爲詩，固未然；然其所得所就，亦各有偏長獨到之處。近見各家大手以文章自命者，至其爲詩，則豪釐千里，終身而不悟；然則詩果易言哉？」

又云：「唐律多於聯上著工夫，如雍陶白鷺、鄭谷鷓鴣詩，二聯皆學究之高者，至於起結，卽不成語矣。如杜子美白鷹起句，錢起湘靈鼓瑟結句，若奏金石以破蟋蟀之鳴，豈易得哉！」

又云：「杜子美漫興諸絕句，有古竹枝意，跌宕奇古，超出詩人蹊徑；韓退之亦有之。楊廉夫十二首，非近代作也。蓋廉夫深於樂府，當所得意，若有神助；但恃才縱筆，多率易而作，不能一一合度。今所刻本，容有撑而不精之處，讀者必慎取之可也。」

又云：「詩有純用平側字而自相諧協者，如『輕裾隨風還』，五字皆平；『桃花梨花參差開』，七字皆平；『月出斷岸口』一章，五字皆側。惟杜子美好用側字，如『有客有客字子美』，七字皆側；『中夜起坐萬感集』，六字側者尤多；『壁色立積鐵』、『業白出石壁』，至五字皆入而不覺其滯。此等雖難學，亦不可不知也。」

又云：「五七言古詩仄韻者，上句末字類用平聲，惟子美多用仄，如玉華宮哀江頭諸作，概亦可見。其音調起伏頓挫，獨爲趫健，似別出一格；回視純用平字者，便覺萎弱無生氣。自後則韓退之蘇子瞻有之，故亦健於諸作。此雖細故末節，蓋擧世歷代而不之覺也。」

又云：「昔人論詩，謂韓不如柳，蘇不如黃。雖黃亦云：『世有文章名一世，而詩不逮古人者，殆蘇之謂也。』是大不然。漢魏以前，詩格簡古，世間一切細事長語，皆著不得。其勢必久而漸窮，賴杜詩一出，乃稍爲開擴，庶幾可盡天下之情事。韓一衍之，蘇再衍之，於是情與事，無不可盡；而其爲格，亦漸麤矣；然非具宏才博學，逢原而泛應，誰與開後學之路哉？」

## 三、評　杜

宋司馬溫公續詩話云：「詩云：『牂羊墳首，三星在罶』，言不可久。古人爲詩，貴於意在言外，使人思而得之，故言之者無罪，聞之者足以戒也。近世詩人惟杜子美最得詩人之體，如『國破山河在，春城草木深；感時花濺淚，恨別鳥驚心。』山河在，明無餘物矣；草木深，明無人矣；花鳥平時可娛之物，見之而泣，聞之而悲，則時可知矣。他皆類此，不可徧舉。」

宋司馬溫公續詩話云：「杜甫終于耒陽，藁葬之，至元和中，其孫始改葬于鞏縣，元微之爲誌；而鄭刑部文寶謫官衡州，有經耒陽子美墓詩，豈但爲誌而不克遷，或已遷而故塚尙存耶？」

宋劉攽中山詩話云：管子曰：「事無終始，無務多業」，此言學者貴能成就也。唐人爲詩，量力致功，精思數十年，然後名家。杜工部云：「更覺良工用心苦」，然豈獨畫手心苦耶？

宋劉攽中山詩話云：眞宗問近臣，唐酒價幾何。莫能對。丁晉公獨曰：「斗直三百。」上問何以知之？曰：「臣觀杜甫詩『速須相就飲一斗，恰有三百靑銅錢』」，亦一時之善對。

宋劉攽中山詩話云：曹參嘗爲功曹，而杜詩云「功曹無復歎蕭何」，誤矣。按光武嘗謂鄧禹何以不椽功曹。

宋劉攽中山詩話云：詞人以「也」字作「夜」音，杜云「靑袍也自公」，不可如字讀「也」。

宋陳師道后山詩話云：孟嘉帽落，前世以爲勝絕，杜子美九日詩云：「羞將短髮還吹帽，笑倩傍人爲正冠」。其文雅曠達，不減昔人。謂詩非力學可致，正須胸中度世爾。

宋陳師道後山詩話云：歐陽永叔不好杜詩，蘇子瞻不好司馬史記，余每與黃魯直怪嘆，以爲異事。

後山詩話云：老杜云：「長鑱長鑱白木柄，我生託子以爲命；黃獨無苗小雪盛，短衣數挽不掩脛」。往時儒者不解「黃獨」義，改爲「黃精」，學者承之。以余考之，蓋「黃獨」是也。本草赭魁注：「黃獨肉白皮黃，巴漢人蒸食之，江東謂之土芋」，余求之江西，謂之土卵，煮食之，類芋魁云。

後山詩話云：余讀周禮月令云：「反舌有聲，佞人在側」，乃解老杜「百舌過時如發口，君側有讒人」之句。

後山詩話云：裕陵謂杜子美詩云：「勛業頻看鏡，行藏獨倚樓」，謂甫之詩，皆不迨此。

宋周紫芝竹坡詩話云：東萊蔡伯世作杜少陵正異，甚有功；亦時有可疑者，如「峽雲籠樹小，湖日落船明。」以「落」爲「蕩」，且云非久在江湖間者，不知此字之爲工也。以余觀之，不若「落」字爲佳耳。又「春色浮山外，天河宿殿陰。」以「宿」爲「沒」字，「沒」字不若「宿」字之意味深遠，甚明。大抵五字詩，其邪正在一字間，而好惡不同乃如此，良可怪也。

竹坡詩話云：杜少陵之子宗武以詩示阮兵曹，兵曹答以斧一具而告之曰：「欲子砍斷其手，不然，天下詩名又在杜家矣。」余嘗觀少陵作宗武生日詩云：「自從都邑語，已伴老夫名；詩是吾家事，人傳世上情。」則宗武之能詩爲可知矣。惜乎其不可得而見也。

竹坡詩話云：余頃年遊蔣山，夜上寶公塔，時天已昏黑，而月猶未出，前臨大江，下視佛屋崢嶸，時聞風鈴鏗然有聲，忽記杜少陵詩「夜深殿突兀，風動金琅璫。」恍然如己語也。又嘗獨行山谷間，古木夾道交陰，惟聞子規相應木間，乃知「兩邊山木合，終日子規啼」之爲佳句也。又暑中瀕溪與客納涼，時夕陽在山，蟬聲滿樹，觀二人洗馬於溪中，曰此少陵所謂「晚凉看洗馬，森木亂鳴蟬」者也。此詩平日誦之，不見其工；惟當所見處，乃始知其爲妙。作詩正要寫所見耳，不必過爲奇險也。

竹坡詩話云：夔峽道中，昔有杜少陵題詩一首，以「天」字爲韵，榜之梁間，自唐至今，無敢作詩者。有一監司過而見之，輒和少陵韵，大書其側；後有嘲之云：「想君吟詠揮毫日，四顧無人膽似天。」過者無不笑之。

竹坡詩話云：近世士大夫家所藏杜少陵逸詩，本多不同，余所傳古律二十八首，其間一首，陳叔易記云：「得於管城人家册子葉中。」一詩洪炎父記云：「得之江右石刻。」又五詩，謝仁伯記云：「得于盛文肅家。」故書中猶是吳越錢氏所錄，要之，皆得於流傳，安得無好事者亂眞。然而如巴西聞收京云：「傾都看黃屋，正殿引朱衣。」又云：「克復誠如此，安危在數公。」又舟過洞庭一篇云：「蛟室圍靑草，龍堆擁白沙；護江蟠古木，迎櫂舞神鴉。」又一篇云：「說道春來好，狂風太放顚；吹花隨水去，翻却釣魚船。」此決非他人可到，其爲此老所作無疑。

竹坡詩話云：凡詩人作語，要令事在語中而人不知；余讀太史公天官書「天一槍棓矛盾動搖角大兵起」，杜少陵詩云：「五更鼓角聲悲壯，三峽星河影動搖。」蓋暗用遷語，而語中乃有用兵之意，詩至於此，可以爲工也。

竹坡詩話云：晁以道家有宋子京手書杜少陵詩一卷，如「握節漢臣歸」乃是「禿節」，「新炊間黃粱」乃是「鬭黃粱」，以道跋云：「前輩見書自多，不如晚生少年，但以印本爲正也。」不知宋氏家藏爲何本？使得盡見之，想其所補亦多矣。

竹坡詩話云：杜子美北征詩云：「海圖拆波濤，舊繡移曲折；天吳及紫鳳，顚倒在短褐。」可謂窮矣；及賦韋偃畫古松詩，則云：「我有一匹好東絹，重之不減錦繡緞；已令拂拭光零亂，請君放筆爲直幹。」子美乃有餘絹作畫材，何也？

竹坡詩話云：余嘗戲作小詩，用少陵事云：「百尺寒松老幹枯，韋郎筆妙古今無；何如莫掃鵝溪絹？留取天吳紫鳳圖。」使少陵尙無恙，當爲我一捧腹也。

宋許　顗彥周詩話云：老杜北征詩曰：「微爾人盡非，於今國猶活。」獨以活國許陳元禮何也？蓋禍亂既作，惟賞罰當則再振，否則不可支持矣。元禮首議太眞國忠輩，近乎一言興邦，宜得此語；倘無此舉，雖有李部，不能展用。

彥周詩話云：杜詩「飯抄雲子白。」雲子，雨也，言如雨點爾，出荀子雲賦。又葛洪丹經，用雲子碎雲母也。今蜀中有碎礫，狀如米粒圓白，雲子石也。又杜詩云：「萬里明玉子，何年別月支？異花開絕域，幽蔓匝清池；漢使慙空到，農神竟不知；露翻兼雨打，開拆漸離披。」不曉此詩指何物。「張騫慙空到」，又本草不收，定非蒲萄也。

彥周詩話云：孟浩然王摩詰詩，自李杜而下，當爲第一。老杜詩云：「不見高人王右丞。」又云：「吾憐孟浩然。」皆公論也。

彥周詩話云：阮步兵辭六十日而停婚，雖似智矣；然禮法之士，憎之如仇，幾至於死；幸武帝保護之耳！而老杜詩云：「遂令阮籍輩，熟辭爲身謀。」此工部善看史書，當有解此意者。

彥周詩話云：元撰作樹萱錄載：有人入夫差墓中，見白居易、張籍、李賀、杜牧諸人賦詩，皆能記憶，句法亦各相似，最後老杜亦來賦詩，記其前四句云：「紫領寬袍漉酒巾，江頭蕭散作閒人；秋風有意吹蘆葉，落日無情下水濱。」嗟乎！若數君子皆不能脫然高蹈，猶爲鬼耶？殊不可曉也。若以爲元撰自造此詞，則數公之詩尙可庶幾，而少陵四句，非元所能道也。

彥周詩話云：老杜不可議論，亦不必稱讚，苟有所得，亦不可不記也。如唐太宗，相者是之云：「龍鳳之姿，天日之表。」而杜詩云：「眞氣驚戶牖。」可謂簡而盡。又經昭陵詩曰：「文物多師古，朝庭半老儒；直辭寧戮辱，賢路不崎嶇。」太宗智勇英特，武定天下，而能如此，最盛德也。

彥周詩話云：老杜衡州詩云：「悠悠委薄俗，鬱鬱回剛腸。」此語甚悲。昔蒯通讀樂毅傳而涕泣，後之人亦當味此而泣者也。

彥周詩話云：齊梁間樂府詞云：「護惜加窮袴，防閑託守宮。今日牛羊上邱隴，當時近前面發紅。」老杜作麗人行云：「賜名大國虢與秦。」其卒曰：「愼勿近前丞相嗔。」虢國秦國何預國忠事，而近前卽嗔耶？東坡言老杜似司馬遷，葢深知之。

宋葉少蘊石林詩話云：禪宗論雲間有三種語：其一爲隨波逐浪句，謂隨物應機，不主故常；其二爲截斷衆流句，謂超出言外，非情識所到；其三爲函蓋乾坤句，謂泯然皆契，無間可伺；其深淺以是爲序。余嘗戲謂學子，言老杜有此三種語，但先後不同：「波漂菰米沉雲黑，露冷蓮房墜粉紅。」爲函蓋乾坤句；以「落花游絲白日靜，鳴鳩乳燕青春深。」爲隨波逐浪句；以「百年地僻柴門迥，五月江深草閣寒。」爲截斷衆流句。若有解者，當與渠同參。

石林詩話云：杜子美病柏病橘枯椶枯楠四詩，皆興當時事。病柏當爲明皇作，與杜鵑行同意；枯椶比民之殘困，則其篇中自言矣；枯楠云「猶含棟梁具，無復霄漢志」，當爲房次律之徒作；惟病橘始言「惜哉結實小，酸澁如棠梨」，末以比荔枝勞民，疑若指近倖之不得志者。自漢魏以來，詩人用意深遠，不失古風，惟此公爲然，不但語言之工也。

石林詩話云：詩人以一字爲工，世固知之，惟老杜變化開闔，出奇無窮，殆不可以形跡捕。如「江山有巴蜀，棟宇自齊梁」，遠近數千里，上下數百年，只在「有」與「自」兩字間，而吞納山川之氣，俯仰古今之懷，皆見於言外。滕王亭子「粉牆猶竹色，虛閣自松聲」，若不用「猶」與「自」兩字，則餘八言，凡亭子皆可用，不必滕王也。此皆工妙至到，人力不可及，而此老獨雍容閒肆，出於自然，略不見其用力處。今人多取其已用字，模倣用之，偃蹇狹隘，盡成死法；不知意與境會，言中其節，凡字皆可用也。

石林詩話云：詩語固忌用巧太過，然緣情體物，自有天然工妙，雖巧而不見刻削之痕。老杜「細雨魚兒出，微風燕子斜。」此十字殆無一字虛設，雨細著水面爲漚，魚常上浮而淰，若大雨則伏而不出矣；燕體輕弱，風猛則不能勝，唯微風乃受以爲勢，故又有「輕燕受風斜」之語。至「穿花蛺蝶深深見，點水蜻蜓款款飛」，「深深」字若無「穿」字，「款款」字若無「點」字，皆無以見其精微，如此，然讀之渾然，全似未嘗用力，此所以不礙其氣格超勝；使晚唐諸子爲之，便當如「魚躍練波拋玉尺，鶯穿細柳織金梭」體矣。七言難於氣象雄渾，句中有力而紆徐不失言外之意，自老杜「錦江春色來天地，玉壘浮雲變古今。」與「五更皷角聲悲壯，三峽星河影動搖。」等句之後，嘗恨無復繼者。

宋強幼安唐子西文錄云：古之作者，初無意於造語，所謂因事以陳詞。如杜子美北征一篇，直紀行役爾，忽云「或紅如丹砂，或黑如點漆，雨露之所濡，甘苦齊結實。」此類是也。文章只如人作家書乃是。

又云：杜子美祖木蘭詩。

宋張表臣珊瑚鈎詩話云：予讀杜詩云：「江漢思歸客，乾坤一腐儒。」「功業頻看鏡，行藏獨倚樓。」歎其含蓄如此；及云：「虎氣必騰上，龍身寧久藏。」「蛟龍得雲雨，鵰鶚在秋天。」則又駭其奮迅也。「草深迷市井，地僻懶衣裳。」「經心石鏡月，到面雪山風。」愛其清曠如此；及云：「退朝花底散，歸院都邊迷。」「君隨丞相後，我住日華東。」則又怪其華艷也。「久客得無淚，故妻難及晨。」「囊空苦羞澀，留得一錢看。」嗟其窮愁如此；及云：「香霧雲鬟濕，清輝玉臂寒。」「笑時花近靨，舞罷錦纏頭。」則又疑其侈麗也。至讀「讖歸龍鳳質，威定虎狼都。」「風塵三尺劍，社稷一戎衣。」則又見其發揚而蹈厲矣。「五聖聯龍袞，千官列鴈行。」「聖圖天廣大，宗祀日光輝。」則又得其雄深而雅健矣。「許身一何愚？自比稷與契；」雖乏諫爭姿，恐君有遺失。」則又知其許國而愛君也。「對食不能餐，我心殊未諧。」「人生無家別，何以爲烝黎？」則知其傷時而憂民也。「未聞夏周衰，中自誅褒妲。」「堂堂太宗業，樹立甚宏達。」斯則隱惡揚善而春秋之義耳。「巡非瑤水遠，迹是雕墻後。」「天王守太白，竚立更搔首。」斯則憂深思遠而詩人之旨耳。至于「上有蔚藍天，垂光抱瓊臺。」「風帆倚翠蓋，暮把東皇衣。」乃神仙之致耶！「惟有摩尼珠，可照濁水源。」「欲聞第一義，回向心地初。」乃拂乘之義耶！嗚乎！有能窺其一二者，便可名家，況深造而具體者乎！此予所以稚齒服膺，華頂未至也。

珊瑚鈎詩話云：斯文盛於漢魏之前，而衰於齊梁之後，老杜云：「縱使盧王操翰墨，劣于漢魏近風騷。」又云：「竊攀屈宋宜方駕，恐與齊梁作後塵。」意謂是耳。

珊瑚鈎詩話云：令人稱文字警絕，謂之「掃凡馬」，取杜甫「一掃萬古凡馬空」也。

珊瑚鈎詩話云：唐開元中，敎舞馬四百蹄，衣以文繡，飾以珠玉，和鸞金勒，星粲霧駁，俯仰赴節，曲盡其妙，每舞藉以巨榻。杜詩云：「鬭鷄初賜錦，舞馬旣登床。」初，明皇命五方小兒分曹鬭鷄，勝者纒以錦緞，舞馬則藉之以榻耳。

珊瑚鈎詩話云：陳無已先生語余曰：「今人愛杜甫詩，一句之內，至竊取數字以髣像之，非善學者。學詩之要，在乎立格、命意、用字而已。」余曰：「如何等是？」曰：「冬日洛城北謁玄元皇帝廟詩，叙述功德，反復外意，事核而理長；閬中歌，辭致峭麗，語脈新奇，句淸而體好，玆非立格之妙乎？江漢詩，言乾坤之大，腐儒無所寄其聲；縛鷄行，言鷄蟲得失，不如兩忘而寓于道，玆非命意之深乎？贈蔡希魯詩云：『身輕一鳥過』，力在一『過』字；徐步詩云：『蕊粉上蜂鬚』，功在一『上』字，玆非用之精乎？學者，體其格，高其意，鍊女字，則自然有合矣，何必規規然髣像之乎？」

珊瑚鈎詩話云：杜詩云：「虎氣必騰上，龍身寧久藏？」蓄劍詩也。世傳虎邱常有劍氣狀如虎，延津劍躍化爲龍也。

珊瑚鈎詩話云：杜詩第一篇贈韋左丞丈云：「今欲入東海，卽將西去秦。」或問云何？曰：「道不行故也。」又云：「『尙憐終南山，回首淸渭濱；嘗擬報一飯，況懷辭大臣；白鷗沒浩蕩，萬里誰能馴？』何謂也。」曰：「鳥獸不可與同羣。終南淸渭且徘徊而不忍別，況辭大臣而欲去國哉？」自以爲得詩之解。

珊瑚鈎詩話云：遊龍門奉先寺云：「天闕象緯逼，雲臥衣裳冷。」余曰：「星河垂地，空翠濕衣。」「欲覺聞晨鐘，令人發深省。」余曰：「鐘磬淸心，欲生緣覺。」又老杜元都壇歌云：「王母晝下雲旗翻。」余解云：「味道集虛仙眞降焉，故秋興詩曰：『西望瑤池降王母。』」

珊瑚鈎詩話云：同諸公登慈恩寺詩云：「回首叫虞舜，蒼梧雲正愁。」余解曰：「周滿瑤池樂未央。」卒云：「黃鵠去不息，哀鳴何所投？君看隨陽雁，各有稻粱謀。」解曰：「黃鵠譬高擧遠引，莫知所如往者；隨陽雁譬志在隨人，拘于祿仕者。」天寶十三載，先生始得官，時，上荒淫，天下且亂，故有虞舜之思，周滿之戒；且歎識者見幾而作，吾人懷祿未決也。

珊瑚鈎詩話云：示從孫濟云：「權門多噂嗒，且欲尋諸孫。」解曰：「噂噂嗒嗒，言不忠信貌，詩所以言背憎也；且復尋諸孫，則莫如我同姓。」「萱草秋已死，竹枝霜不繁；淘米少汲水，汲多井水渾；刈葵莫放手，放手傷葵根；所來爲宗族，亦不爲盤飧；小人利口實，薄俗難可論；勿受外嫌猜，同姓古所敦。」解曰：「萱忘憂而已死，竹可愛而不蕃，則荒落甚矣！水濁而不復其清源，葵傷而不庇其根本，則宗族乖離之況也。」此詩人因物而興。飲中八仙歌云：「李白一斗詩百篇，長安市上酒家眠；天子呼來不上船，自稱臣是酒中仙。」解曰：「范傳正李白碑云：『白多陪侍從之遊，他日泛白蓮池，公不在宴，皇情既洽，召公作序，公時被酒，高力士扶以登舟，』世云不上船，何穿鑿如此？」

珊瑚鈎詩話云：曲江三章云：「即事非今亦非古。」余曰：「在今古間。」「長歌激越捎林莽。」余曰：「振響林谷。」「比屋豪華固難數，吾人甘作心似灰，弟姪何傷淚如雨？」余曰：「按先生作雕賦表云：『今賈馬之徒，得排金馬上玉堂者衆矣；獨臣衣不蓋體，常寄食於人。』夫衆豪華而已貧賤，所謂士賢能而不用，國之耻也。吾雖甘心若死灰，然而弟姪之傷涕零如雨何耶？蓋行成而名不彰，友朋之罪也；親戚不能致其力，聞長歌之哀，所以涕洟耶？」又曰：「短衣匹馬隨李廣，看射猛虎終殘年。」余曰：「猶足以消英豪之氣。」凡如是者甚衆，詞多不載。

宋葛立方韻語陽秋云：陶潛謝朓皆平淡有思致，非後來詩人怵心劌目琱琢者所爲也，老杜云：「陶謝不枝梧，風騷共推激；紫燕自超詣，翠駮誰翦剔」是也。

宋葛立力韻語陽秋云：老杜寄身於兵戈騷屑之中，感時對物，則悲傷係之，如「感時花濺淚」是也，故作詩多用一「自」字。田父泥飲詩云：「步屧隨春風，邨邨自花柳。」遣懷詩云：「愁雲看霜露，寒城菊自花。」憶弟詩云：「故園花自發，春日鳥還飛。」日暮詩云：「風月自淸夜，江山非故園。」滕王亭子云：「古墻猶竹色，虛閣自松聲。」言人情對境，自有悲喜，而初不能累無情之物也。

宋葛立方韻語陽秋云：近時論詩者，皆謂偶對不切則失之麄，太切則失之俗，如江西詩社所作，慮失之俗也，則往往不甚對，是亦一偏之見爾。老杜江陵詩玉：「地利西通蜀，天文北照秦。」秦州詩云：「水落魚龍夜，山空鳥鼠秋；叢篁低地碧，高柳半天青。」

豎子至云：「柤棃且綴碧，梅杏半傳黃。」如此之類，可謂對偶太切矣，又何俗乎？如「雜蕊紅相對，他時錦不如；磨滅餘篇翰，平生一釣舟」之類，雖對不求太切，而未嘗失格律也。學詩者當審此！

韻語陽秋云：陳去非嘗爲余言：唐人皆苦思作詩，所謂「吟安一箇字，撚斷數莖鬚」「句句夜深得，心從天外歸」「吟成五字句，用破一生心」「蟾蜍影裏淸吟苦，舴艋舟中白髮生」之類是也，故造語皆工，得句皆奇；但韻格不高，故不能參少陵逸步。後之學詩者，倘或能取唐人語，而摋入少陵繩墨步驟中，此連胸之術也。

韻語陽秋云：老杜詠螢火詩云：「幸因腐草出，敢近太陽飛；未足臨書卷，時能點客衣。」似譏當時閹人用事，於人君之前，不能主張文儒，而乃如靑蠅之點素也；說者乃謂小有才而侵侮大德，豈不誤哉？

韻語陽秋云：自古工詩者，未嘗無興也，覩物有感則有興；今之作詩者，以興近乎訕也，故不敢作；而詩之一義廢矣。老杜萵苣詩云：「兩旬不甲坼，空惜埋泥滓；野莧迷汝來，宗生實於此。」皆興小人盛而掩抑君子也。至高適題張處士菜園，則云：「耕地桑柘間，地肥萊常熟；爲問葵藿資，何如廟堂內？」則近乎訕矣。作詩者苟知興之與訕異，始可以言詩矣。

韻語陽秋云：詩人讚美同志詩篇之善，多比珠璣碧玉錦繡花草之類；至杜子美則肯作此陳腐語邪？寄岑參詩云：「意愜關飛動，篇終接混茫。」夜聽許十一誦詩云：「精微穿溟涬，飛動摧霹靂。」贈盧琚詩曰：「藻翰惟牽率，湖山合動搖。」贈鄭諫議詩云：「毫毛無遺憾，波瀾獨老成。」贈高適詩云：「美名人不及，佳句法如何？」寄李白詩云：「筆落驚風雨，詩成泣鬼神。」皆驚人語也。視餘子，其神芝之與腐菌哉？

韻語陽秋云：杜子美詩，喜用文選語，故宗武亦習之不置，所謂「熟精文選理，休覓綵衣輕」，又云「呼婢取酒壺，續兒誦文選」是也。唐朝有文選學，而時君尤見重，「分別以賜金城，書絹素以屬裴行儉」是也。

韻語陽秋云：杜子美云：「爲人性僻耽佳句，語不驚人死不休。」則是凡子美胸中流出者，無非驚人之語矣。讀其集者，當知此言不妄。

韻語陽秋云：老杜之八哀，則所哀者八人也：王思禮、李光弼之武功，蘇源明、李邕之文翰，汝陽鄭虔之多能，張九齡、嚴武之政事，皆不復見矣。蓋當時盜賊未息，歎舊懷賢而作者也。

韻語陽秋云：老杜雨詩云：「紫崔奔處黑，白鳥去邊明」，而「江碧鳥愈白，山青花欲燃」之句似之；贈王侍御云：「曉鶯工迸淚，秋月解傷神」，而「感時花濺淚，恨別鳥驚心」之句似之，殆是同一機軸也。

韻語陽秋云：杜甫累不第，天寶十三載，明皇朝獻太淸宮，饗廟及郊，甫奏賦三篇，帝奇之，使待制集賢院，命宰相試文章，故有贈集賢崔于二學士詩云：「昭代將垂白，途窮乃叫閽；氣衝星象表，詞感帝王尊；天老書題目，春官驗討論；倚風遺鶂路，隨水到龍門。」舊注陳希烈韋見素爲宰相，而崔國輔于休烈者皆集賢學士也，故末句云：「謬稱三賦在，難述二公恩。」可謂不忘於藻鑒之重者矣。按唐史是歲陳希烈爲相，至八月，見素代之，而甫有上見素詩云：「持衡留藻鑒，聽履上星辰。」則甫之文章爲見素所賞，非希烈也。

韻語陽秋云：老杜卒于唐代宗大歷五年，享年五十九，當生於先天元年。觀其獻大禮賦表云云「臣生陛下淳樸之俗，行四十載矣。」以此推之，則是獻大禮賦當在天寶九載也。本傳以謂「天寶十三載因獻三賦，帝奇之，待制集賢院」，誤矣。其後又進西嶽賦序云「上旣封泰山之後三十年。」按史開元十三年乙丑封泰山，至天寶十三載，始及三十年，則是進西嶽賦在天寶十三載也。老杜有贈獻納使田舍人詩云：「舍人退食收封事，宮女開函近御筵；曉漏追隨青瑣闥，晴窻點檢白雲篇。」末句云：「楊雄更有河東賦，惟待吹噓送上天。」其云「更有河東賦」，當是獻西嶽賦時也。

韻語陽秋云：杜子美柏中丞除官制詩，舊注以爲柏耆，又以爲貞節。按杜詩云：「紛然喪亂際，見此忠孝門！蜀中寇亦甚，柏氏功彌存；三止錦江沸，獨淸玉壘昏。」當是有功于蜀者。方是時，段子璋反于上元，徐知道反于寶應，而貞節爲邛州刺史，數有功，則是貞節無疑矣。杜集又有柏學士茅屋，柏大兄弟山居詩，議者皆以謂貞節之居；然詩中殊不及功名之事，但皆稱其爲學讀書爾。茅屋云：「古人已用三冬足，年少今開萬卷餘。」山居云：「山居精典籍，文雅涉風騷。」疑是邛州立功之前。

韻語陽秋云：杜子美褒稱元結舂陵行兼賊退後示官吏二詩云：「兩章對秋水，一字偕華星；致君唐虞際，淳樸憶大庭。」又云：「今盜賊未息，得結輩數十公，落落然參錯爲天下方伯，天下少安，可立待也。」蓋非稱其文也。

韻語陽秋云：老杜當干戈騷屑之時，間關秦隴，負薪採櫚，餔糒不給，困躓極矣！自入蜀依嚴武，始有草堂之居。觀其經營往來之勞，備載於詩，皆可考也。其曰「萬里橋西宅，百花潭北莊」者，言其地也；「經營上元始，斷手寶應年」者，言其時也；「雪裏江船渡，風前逕竹斜；寒魚依密藻，宿鳥起圓沙」者，言其景物也。至於「草堂塹西無樹木，非子誰復見幽深？」則乞榿本於何少府之詩也；「草堂少花今欲栽，不問綠李與黃梅。」則乞果於徐少卿之詩也。王侍御携酒草堂，則喜而爲詩曰：「故人能領客，携酒重相看。」王錄事許草堂貲不到，則戲而爲詩曰：「爲嗔王錄事，不寄草堂貲。」蓋其流離貧窶之餘，不能以自給，皆因人而成也。其經營之勤如此，然未及黔突，避成都之亂，入梓居閬，其心則未嘗一日不在草堂也。遣弟檢校草堂，則曰：「鵞鴨宜長數，柴荆莫浪開。」寄題草堂則曰：「尙念四松小，蔓草無拘纏。」送韋郎歸成都，則曰：「爲問南溪竹，抽梢合過牆！」塗中寄嚴武，則曰：「常昔沙崩損藥欄，也從江檻落風湍。」每致意如此。及成都亂定，再依嚴武爲節度參謀，復歸草堂，則曰：「不忍竟舍此，復來薙榛蕪；入門四松在，步屧萬竹疏。」則其喜可知矣。未幾，嚴武卒，徬徨無依，復舍之而去。以史及公詩考之，草堂斷手於寶應之初，而永泰元年四月嚴武卒。是年秋，公寓夔州雲安縣；有此草堂者，始終祗得四載，而其間居梓閬三年，公詩所謂「三年奔走空皮骨」是也，則安居草堂者，僅閱歲而已。其起居寢興之適，不足以償其經營往來之勞，可謂一世之羈人也。然自唐至宋，已數百載，而草堂之名與山川草木，皆因公詩以爲不朽之傳，蓋公之不幸，而其山川草木之幸也。

韻語陽秋云：張均張垍兄弟承襲父寵，致位嚴近，皆自負文才，覬覦端揆。明皇欲相均而抑於李林甫，欲相垍而奪於楊國忠，自此各懷觖望。安祿山盜國，垍相祿山，而均亦受僞命。肅宗反正，兄弟各論死，非房琯力救，豈能免乎？老杜贈均詩云：「通籍踰青鎖，亨衢照紫泥；靈虬傳夕箭，歸馬散霜蹄。」言均爲中書舍人刑部尚書時也。贈垍詩云：「翰林逼華蓋，鯨力破滄溟；天上張公子，宮中漢客星。」言垍尚寧親公主，禁中置宅時也。二人恩寵烜赫如是，則報國當如何；而乃斁亂天理，下比逆賊，反噬其主，夫豈人類也哉？

韻語陽秋云：老杜高自稱許，有乃祖之風，上書明皇云：「臣之述作，沈鬱頓挫，揚雄枚臯，可企及也。」壯遊詩則自比於崔魏班揚；又云：「氣劘屈賈壘，目短曹劉墻。」贈韋左丞則曰：「賦料揚雄敵，詩看子建親。」甫以詩雄於世，自比諸人，誠未爲過；至

「竊比稷與契」則過矣。史稱甫好論天下大事，高而不切，豈自比稷契而然耶？至云「上感九廟焚，下憫萬民瘡；斯時伛青蒲，廷爭守御床」，其忠藎亦可嘉矣。

韻語陽秋云：老杜送李舟詩，非不歸重，而其中亦不能無譏焉，所謂「舟也衣綵衣，造我欲遠適；倚門固有望，斂衽就行役；南登吟白華，已見楚山碧；何時太夫人，堂上會親戚？」豈非譏其無方之遊耶？孔子云：「父母在，不遠遊，遊必有方。」則少陵之詩，有孔子之意也。

韻語陽秋云：老杜北征詩云：「經年至茅屋，妻子衣百結；慟哭松聲回，悲情共幽咽；平生所嬌兒，顏色白勝雪！見爺背面啼，垢膩脚不襪。」方是時，杜方脫身於萬死一生之地，得見妻兒，其情如是。洎至秦中，則有「囊藥能無歸，應門亦有兒」之句；至成都則有「老妻憂坐痺，幼女問頭風」之句，觀其情悰，已非征時比也。及觀進艇詩，則曰：「晝引老妻乘小艇，晴看稚子浴晴江。」江邨詩則曰：「老妻畫紙爲棊局，稚子敲針作釣鈎。」其優遊愉悅之情，見於嬉戲之間，則异於在秦益時矣。

韻語陽秋云：老杜省宿詩云：「明朝有封事，數問夜如何？」蓋憂君諫政之心切，則通夕為之不寐，想其犯顏逆耳，必不為身謀也。

韻語陽秋云：杜子美云：「鐘鼎山林各天性。」天性之所欲，夫豈可強也哉？

韻語陽秋云：空同山，汝州岷州皆有之，老杜送高適書記赴武威詩云：「空同小麥熟，且願休王師。」又以詩寄之云：「主將收才子，空同足凱歌。」皆謂岷州之空同也。杜乃用之於武威之詩，何哉？蓋武威，唐為涼州都督府，與岷州俱隸隴右道，則送適詩雖及之，無傷也。

韻語陽秋云：韓幹畫馬，妙絕一時，杜子美嘗贊之云：「韓幹畫馬，毫端有神；驊騮老人，腰褭淸新。」此畫與贊，舊藏李後主家，其後李伯時得之，則馬四足已敗爛，伯時題之云：「此馬雖無追風奔雪之足，然甚有生氣。」因自作四足以補之，遂為伯時家畫譜中第一。

韻語陽秋云：唐明皇使韓幹師陳閎畫馬，及畫成，明皇怪不與閎同，幹奏曰：「臣之師，即陛下內廐馬也。」上異之；其後畫入神品。按老杜丹靑引，贈曹霸云：「弟子韓幹早入室，亦能畫馬窮殊相，」則幹之師乃曹霸爾，孰謂師內廐馬，便能毫端之妙乎？

韻語陽秋云：「先帝天馬玉花驄，畫工如山貌不同；是日牽來赤墀下，迴立閶闔生長風。」此老杜贈曹將軍詩也。張彥遠畫記乃云曹霸仕至太府寺丞，杜甫嘗贈之歌，明星御廄有馬名玉花驄，詔令圖之，誤矣。

韻語陽秋云：秘省名畫，殆充棟宇。余在省歲久，與同舍郎日取數軸評玩，殆有啗炙之味。如所用絹素，凡涉名筆，必密致緊厚，盖慮其易敗也。老杜戲韋偃爲雙松歌云：「我有一匹好東絹，重之不減錦繡緞，請君放筆爲直幹。」則偃筆之妙，非好東絹不與也。

韻語陽秋云：薛稷不特以書名，而畫亦居神品，老杜所謂「我遊梓州東，遺跡涪江邊；畫藏青蓮界，書入金牒懸」是也。杜又有薛少保畫鶴一篇，所謂「薛公十一鶴，皆寫青田眞」是也。

韻語陽秋云：韓擇木作八分書，師蔡邕法，風流閒媚，號伯喈中興；蔡有隣亦善八分，其始拙弱，至天寶遂精，故杜子美贈李潮八分歌云：「尙書韓擇木，騎曹蔡有隣，開元以來數八分，潮也奄有二子成三人。」又有送顧八分適洪吉州詩，亦引二人者以比顧，所謂「昔在開元中，韓蔡同鼂屭，三人並入直，恩澤各不二」是也。明皇八分師擇木，嘗於彩牋上，書以贈張說。

韻語陽秋云：明皇雜錄云：「天寶中，上命宮中女子數百人爲棃園弟子，皆居宜春北院。上素曉音律。時有馬僊期李龜年賀懷智，皆洞知律度，而龜年恩寵尤盛。自綠山之亂，散亡無幾，老杜逢龜年云：「岐王宅內尋常見，崔九堂前幾度聞；正是江南好風景，落花時節又逢君。」

韻語陽秋云：唐明皇酷好羯鼓，汝陽王璡精於其事，明皇喜之，屢有賞賚，東坡所謂「汝陽眞天人，破帽挿紅槿；纏頭三百萬，不買一笑哂。」是也。杜甫嘗以詩二十韻贈之，有云：「聖情常有眷，朝退若無憑；仙醴來浮蟻，奇毛或賜鷹。」則當時恩寵之盛可知矣。又曰：「筆飛鸞聳立，章罷鳳騫騰。」美其書翰之妙也。又有詩稱之曰：「箭出飛鞚內，上又回翠麟。」美其射御之精也。則其可喜處，豈特羯鼓而已哉？

韻語陽秋云：杜子美古柏行云：「霜皮溜雨四十圍，黛色參天二千尺。」沈存中筆記云：「無乃太細長乎？」余謂詩意止言高大，不必以尺寸計也。

韻語陽秋云：成都記，杜宇又曰杜主，自天而降，稱望帝，好稼穡，治郫城。後望帝死，其魂化爲鳥，名曰杜鵑，故老杜云「昔日蜀天子，化爲杜鵑似老烏。」又曰：「我見常再拜，重是古帝魂。」博物志稱杜鵑生子，寄之他巢，百鳥爲飼之，故老杜云：「生子百鳥巢，百鳥不敢嗔；仍爲餧其子，禮若奉至尊。」又云：「寄巢生子不自啄，羣鳥至今與哺雛。」老杜集中杜鵑詩行凡三篇，皆以杜鵑比當時之君，而以哺雛之鳥譏其當時之臣不能奉其君，曾百鳥之不若也，最後一篇，徒言杜鵑垂血，上訴不得其所，蓋說明皇蒙塵之時也。故末句云：「豈思舊日居深宮，嬪嬙左右如花紅。」

韻語陽秋云：古今詩話載杜少陵因見病瘧者曰：「誦我詩可療。」令誦「子章髑髏血模糊，手提擲還崔大夫」之句，病遂愈。余謂子美固常病瘧矣，其詩云：「患瘧三秋孰可忍？寒熱百日相攻戰。」又云：「三年猶瘧疾，一鬼不銷亡；隔日搜脂髓，增寒抱雪霜；徒然潛隙地，有靦屢紅粧。」子美於此時，何不自誦其詩而自已疾耶？是靈於人而不靈於己也。

韻語陽秋云：余嘗謂知人雖堯帝猶以爲難，而杜子美之曾老姑，乃能知唐太宗於側微之時，識房杜於賤貧之日，子美載其語云：「向竊窺數公，經綸亦俱有；次問最少年，虬髯十八九；子等成大名，皆因此人手。」噫！何異耶？

宋陳巖肖庚溪詩話云：杜少陵子美詩，多紀當時事，皆有依據，古號詩史。頃見蔡絛西清詩話云：唐史載杜珪母盧氏，嘗謂其子「汝必貴，但未見汝與遊者。」珪一日引房玄齡杜如晦過之，母曰：「汝貴無疑。」及質之少陵送重表姪王砅詩曰：「我之曾老姑，爾之高祖母。」則珪母杜氏，非盧氏也。又曰：「爾祖未顯時，歸爲尚書婦。隋朝大業末，房杜俱交友。長者來在門，荒年自糊口。家貧無供給，客位但箕箒。俄頃羞頗珍，寂寥人散後。入怪鬢髮空，吁嗟爲之久。自陳翦髻鬟，鬻市充杯酒。上云天下亂，宜與英俊厚。向竊窺數公，經綸亦俱有。次問最少年，虬髯十八九。子等成大名，皆因此人手。下云風雲合，龍虎一吟吼。願展丈夫雄，得展兒女醜。秦王時在坐，眞氣驚戶牖。及乎貞觀初，尚書踐台斗。夫人常肩輿，上殿稱萬壽。六宮師柔順，法則化妃后。至尊均嫂叔，盛事垂不朽。」其詩詳諦如此，而史謬誤之甚，今以余考之云然。其詩曰「爾祖未顯時，歸爲尚書婦。」又曰「及乎貞觀初，尚書踐台斗。」尚書者，蓋指珪也；爲尚書婦者，乃爲珪妻也；然則少陵所稱杜氏，實珪之妻，而史所稱乃珪之母也。兩事自不同，想以其詩中有翦髻鬟充杯酒事，與陶侃母同，故亦以爲珪母也。余又以唐史珪傳考之，珪母乃李氏，亦非盧氏也。然則西清詩話非獨不詳考事實，又併姓氏亦誤也。嗚乎，以珪之賢，上稟訓於賢母，下得助於賢妻，宜其爲一代宗臣也。

韻語陽秋云：老杜麗人行，專言秦虢宴遊之樂，末章有「當軒下馬立錦茵，愼莫近前丞相嗔」之句，當是謂楊國忠也。

韻語陽秋云：今人作詩，自述則稱我，謂人則稱君，往往相習皆然。杜子美送孔巢父詩云：「道甫問信今何如？」鄭馬諸公携酒相看詩云：「甫也諸侯老賓客。」過王倚飲云：「在於甫也何由羨？」則自述乃稱名。送樊侍御云：「至尊方旰食，仗爾布嘉惠。」寄李白云：「昔年有狂客，號爾謫仙人。」送竇九云：「非爾更持節，何人符大名？」則謂人乃稱爾。若謂尊之甚則稱名，則前三人皆非通貴之士；若謂卑之甚則稱爾，以後三人則非穉孺之列；蓋其詩格變態如是，恐不繫輕重也。

韻語陽秋云：心醉六經，尙友千載，謂之好古可也；今之好古者乃不然：書畫貴整，而必取腐爛陳暗者以爲奇；器物貴新，而必取穿漏弇薄者以爲異，曰是古也，乃不靳貲費而求之，何其不思之甚邪？書畫貴古，猶欲識其筆法之淵源；以穿漏弇薄之器而珍之，此何理哉？嘗觀杜老銅瓶詩云：「亂後碧井廢，時淸瑤殿深。」其末云：「蛟龍雖缺落，獲得折黃金。」則以古物而要厚貲，自古而然。

韻語陽秋云：老杜避亂秦蜀，衣食不足，不免求給於人。如贈高彭州云：「百年已過半，秋至轉飢寒；爲問彭州牧，何時救急難？」客夜詩云：「計拙無衣食，途窮仗友生；老妻書數紙，應悉未歸情。」狂夫詩云：「厚祿故人書斷絕，常饑稚子色凄涼。」答裴道州詩云：「虛名但蒙寒溫問，泛愛不救溝壑辱。」簡韋十詩云：「因知貧病人須棄，能使韋郎迹也疎。」觀此五詩，可見其艱窘而有望於朋友故舊也；然當時能賙之者幾何人哉？劉長卿云：「世情薄恩義，俗態輕窮厄。」山谷云：「持飢望路人，誰能顏色溫？」余於子美亦云。

宋周必大二老堂詩話云：杜詩云：「元日到人日，未有不陰時。」蓋此七日之間，須有三兩日陰，不必皆晴，疑子美紀實耳。洪興祖引陳方朔占書，謂歲後八日，一鷄、二犬、三豕、四羊、五牛、六馬、七人、八穀，其日晴則所主物育，陰則災。天寶之亂，人物俱災、故子美云爾。信如此說，穀乃一歲之本，何略之也？

二老堂詩話云：「杜子美爲劍南參謀，遣悶呈嚴鄭公詩云：束縛酧知己，蹉跎効小忠。」又云：「曉入朱扉啓，昏歸畫角終；不成尋別業，未敢息微躬。」……乃知唐制藩鎭之屬，皆晨入昏歸，亦自少暇。

二老堂詩話云：世言杜子美詩，兩押閑字，不避家諱，故留夜宴詩「臨歡卜夜閑」，七言詩「曾閃朱旗北斗閑」。雖俗傳孫覿杜詩押韻亦用二字，其實非也。卞圖杜詩本云「留歡上夜關」，葢有投轄之意。「卜」字似「上」字，「關」字似「閑」字，而不知者或改作夜閑，又不在韵，卞氏本妙不可言。「北斗閑」者葢漢書有朱旗降天，今杜詩既云「曾閃朱旗」，則是因朱旗降天，斗色亦赤，本是「殷字」，(於斤切)，盛也，殷字於顏切，紅也，故音雖不同，而字則一體。是時，宣祖正諱「殷」字，故改作「閑」，全無義理。今既祧廟不諱，所謂「曾閃朱旗北斗殷」，又何疑焉？

宋嚴羽滄浪詩話云：少陵詩，憲章漢魏，而取材於六朝，至其自得之妙，則前輩所謂集大成者也。

滄浪詩話云：少陵有避地逸詩一首云：「避地歲時晚，竄身筋骨勞；詩書遂墻壁，奴僕且旌旄；行在僅聞信，此生隨所造；神堯舊天下，會見出腥臊。」題下公自注云：至德三載丁酉作，此則眞少陵語也。今書市集本並不見有。

又云：舊蜀本杜詩，並無註釋，雖編年而不分古近二體，其間略有公自注而已。今豫章庫本以爲翻鎭江蜀本，雖分雜注，又分古律，其編年亦且不同。近寶慶間，南海漕臺雕杜集，亦以爲蜀本，雖刪去假坡之注，亦有王原叔以下九家，而趙注比他本最詳，皆非舊蜀本也。

又云：杜集注中坡曰者，皆是托名假僞，漁隱雖常辯之，而人尙疑者，蓋無至當之說，以指其僞也。今擧一端，將不辯而自明矣，如「楚岫八峯翠」注云景差蘭亭春望「千峯楚岫碧，萬水郢城陰。」且五言始于李陵蘇武，或云枚乘，漢以前，五言古詩尙未有之，寧有戰國時已有五言律句邪？觀此，可以一笑而悟矣。雖然，亦幸而有此漏逗也。

又云：杜注中師曰者，亦坡曰之類；但其間半僞半眞，尤爲滑亂惑人，此深可歎；然具眼者自默識之耳。

滄浪詩話云：杜詩「五雲高太甲，六月曠摶扶。」太甲之義，殆不可曉，得非高太乙耶？乙爲甲，蓋亦相近，以星對風，亦從其類也。至于「杳杳東山携漢妓」，亦無義理，疑是携妓去，蓋子美每于絕句喜得偶爾。臆度如此，更俟宏識。

宋吳聿觀林詩話云：唐敎坊記云：平人女以容色選入內者，敎習琵琶三絃箜篌箏者，謂之搊彈家。杜少陵詩有「絃管罷吹彈」之句。管非搊彈之物，或改爲「絃管罷吹彈」，或改爲「絃索罷搊彈」，然皆非本語。

又云：杜詩云：「江蓮搖白羽，天棘夢青絲。」世不曉其用「夢」字。余考之，蓋「蔓」

字訛而爲「夢」耳。何遜王孫遊「日碧草蔓絲」是也。天棘，天門冬也，如櫰香而蔓生；或以爲柳，誤矣。

又云：樹萱錄云：杜工部詩，世傳骨氣高峭，如爽骨摩霄，駿馬絕地。

宋楊萬里誠齋詩話云：詩有句中無其辭而句外有其意者，巷伯之詩，蘇公刺暴公之譖已，而曰「二人同行，誰爲此禍？」杜云：「遣人向市賒香秔，喚婦出房親自饌。」上言其力窮，故曰「賒」；下言其無使令，故曰「親」。又「東歸貧路自覺難，欲別上馬身無力。」上有相干之意而不言，下有戀別之意而不忍。又「朋酒日歡會，老夫人今始知。」嘲其獨遺而不招也。又夏日不赴而云「野雪興難乘，」此不言熱而反言之也。

誠齋詩話云：七言長韻古詩，如杜少陵丹青引，曹將軍畫馬，奉先縣劉少府山水障歌等編，皆雄偉宏放，不可捕捉。學詩者于李杜蘇黃詩中，求此等類，誦讀沈酣，深得其意味，則落筆自絕矣。

誠齋詩話云：唐律七言八句，一篇之中，句句皆奇，一句之中，字字皆奇，古今作者，皆難之。予嘗與林謙之論此事，謙之慨然曰：「但吾輩詩集中，不可不作數篇耳。」

如老杜九日詩云「老去悲秋強自寬，與來今日盡君歡。」不徒入句便字字對屬，又第一句頃刻變化，纔說「悲秋」，忽又「自寬」；以「自」對「君」甚切。「君」者君也，「自」者我也。「羞將短髮還吹帽，笑倩旁人爲正冠，」將一事翻騰作一聯。又孟嘉以落帽爲風流，少陵以不落帽爲風流，翻盡古人公案，最爲妙法。「藍水遠從千澗落，玉山高並兩峯寒。」詩人至此，筆力多衰，今方且雄傑挺拔，喚起一篇精神，自非筆力拔山，不至於此。「明年此會知誰健？醉把茱萸仔細着。」則意味深長，悠然無窮矣。

誠齋詩話云：詩有實字，而善用之者，以實爲虛，杜云：「弟子貧原憲，諸生老伏虔。」「老」字蓋用趙充國請行，上老之。有用文語爲詩句者，尤工。杜云：「侍臣雙宋玉，戰策兩穰苴。蓋用如六五帝，四三王。

宋陳子象庚溪詩話云：少陵詩非特紀事，至於都邑所出，土地所生，物之有無貴賤，亦時見於吟詠。如云「急須相就飲一斗，恰有青銅三百錢」，丁晉公謂，以是知唐之酒價也。建炎己酉歲，車駕駐蹕建康，毘陵錢申仲紳赴召命，僕亦以事至彼，與之同鄉。中仲以能詩自負，嘗作詩話甚詳，余偶用其剪紙刀，渠頗靳之，且曰：「此刀唯吾鄉所造者頗佳，他處不及也。」余戲之曰：「仙鄉剪刀雖佳，然不及太原者也。」錢曰：『太原唯出銅器，未聞出剪刀也。」余曰：「君深於詩，而不知此耶？子美詩云：「焉得並州快剪刀，剪取吳淞半江水。」吾豈妄言哉？』錢大笑，因而定交。

宋陳子象庚溪詩話：世謂六一居士歐陽永叔不好杜少陵詩，觀六一詩話載「陳從易舍人初得杜集舊本，多脫誤，其送蔡都尉詩云：『身輕一鳥－』，其下脫一字，陳公與數客各用一字補之，或云疾，或云落，或云起，或云下。其後得善本，乃『身輕一鳥過。』陳歎服，以爲雖一字，諸君不能到也。」又曰：「唐之晚年，無復李杜豪放之格，但務以精意相高而已。」又集古目錄曰：「秦嶧山碑非眞，杜甫直謂棗木傳刻爾。杜有李潮八分小篆歌云『嶧山之碑野火焚，棗木傳刻肥失眞』故也。」六一於杜詩既稱其雖一字人不能到，又稱其格之豪格，又取以證碑刻之眞僞，詎可謂六一不好之乎？後人之言，未可信也。

庚溪詩話云：杜子美遊龍門奉先寺詩曰：「天闕象緯逼，雲臥衣裳冷。」此詩在洛陽之龍門。按韋述東都記：「龍門號雙闕，以與大內對，屹若天闕然，此詩天闕指龍門也。」後人以其屬對不功，改爲天闇，王介甫改爲天閱，蔡興宗又謂世傳古本作天闚，引莊子用管闚天爲證。以余觀之，皆臆說也。「且天闕象緯逼，雲臥衣裳冷，」乃此寺中即事耳。以彼「天闕之高，則勢逼象緯；以我雲臥之幽，則冷侵衣裳，語自混成，何必屑屑較瑣碎，失大體哉？

庚溪詩話云：澄江朱正民擧直嘗云：「少陵今夕行，措意不苟，其語云：『今夕何夕歲云徂！』則言歲除夜也；『更長燭明不可孤』，則言夜永人多守歲不寐，當有以自遣也；『咸陽客舍一事無』，則言旅中少況，且無幹也；『相與博塞爲歡娛』，則言爲此猶賢乎已也，葢謂窮冬佳節，旅中永夕無事，方可爲此自遣耳，他時不可也。」則正民歡少陵詩，亦不苟矣。

蔡夢弼集錄杜工部草堂詩話云：鳳台王彥輔詩話曰：「唐興，承陳隋之餘風，浮靡相矜，莫從理致。開元之間，去雕篆，黜浮華，稍裁以雅正；雖絺句繪章，人旣一槪，各爭所長：如太羹元酒者，薄滋味；如孤峯絕岸者，駭廊廟；穠華可愛者，乏風骨；爛然可觀者，多玷缺。逮子美之詩，周情孔思，千彙萬狀；茹古涵今，無有涯涘；森嚴昭煥，若在武庫見戈戟布列，蕩人耳目，非特意語天出；尤工於用字；故卓然爲一代冠，而歷世千百，膾炙人口。余每讀其文，竊苦其難曉，如義鶻行巨顙老拳之句，劉夢得初亦疑之；後覽石勒傳，方知其所自出；葢其引物連類，掎摭前事，往往如是。韓退之謂光燄萬丈長，而世號詩史，信哉！」

蔡夢弼集錄草堂詩話云：王彥輔麈史曰：「子美善用故事及常語，多倒其句而用之，葢如此則語峻而體健，如『露從今夜白，月是故鄉明』之類是也。」

蔡夢弼集錄草堂詩話云：後山陳無已詩話曰：「黃魯直言：『杜子美之詩法出審言，句法出庾信，但過之耳。』苕溪胡元任曰：『老杜亦自言吾祖詩冠古，則其詩法乃家學所傳耳。』」

蔡夢弼集錄草堂詩話云：詩眼曰：「黃魯直謂『文章必謹布置』，以此槩考古人法度，如杜子美贈韋見素詩云：『紈袴不餓死，儒冠終誤身』，此一篇立意也，故使人靜聽而具陳之耳。自『甫昔少年日』至『再使風俗淳』，皆言儒冠事業也。自『此意竟蕭條』至『蹭蹬無縱鱗』，言誤身事也，則意舉而文備，故已有是詩矣；然必言其所以見韋者，於是以厚愧眞知之句。所謂眞知者，謂傳頌其詩也。然宰相職在薦賢，不當徒愛人而已；士固不能無望，故曰『竊効貢公喜，難甘原憲貧』。果不能薦賢，則去之可也，故曰『焉能心快快？祇是走踆踆』，又將入海而去秦也。然其去也，必有遲遲不忍之意，故曰『尙憐終南山，回首淸渭濱』；則所知不可以不別，故曰『常擬報一飯，況懷辭大臣』。夫如此，是可以相忘於江湖之外，雖見素亦不得而見矣，故曰『白鷗波浩蕩，萬里誰能馴』也。此詩布置，最得正體；如官府甲第，廳堂房室，各有定處，不可亂也。又云：詩有一篇命意，有句中命意，如老杜上韋見素詩，布置如此，是一篇命意也。至其道遲遲不忍去之意，則曰『尙憐終南山，回首淸渭濱』；其道欲與見素別，則曰『常擬報一飯，況懷辭大臣』，此句中命意也。蓋如此，然後可以頓剉高雅矣。」

詩眼又曰：「世俗喜綺麗，知文者能輕之；後生好風花，老大卽厭之；然文章論當理不當理耳，苟當於理，則綺麗風花，同入於妙；苟不當理，則一切皆長語。上自齊梁諸公，下至劉夢得輩，往往以綺麗風光累其正氣，其過在於理不勝而詞有餘也。子美云：『綵垂風折筍，紅綻雨肥梅』；『岸花飛送客，檣燕語留人』，亦極綺麗，其模寫景物，意自親切，所以絕妙古今；其言春容閑適，則有『穿花蛺蝶深深見，點水蜻蜓款款飛』，『落花遊絲白日靜，鳴鳩乳燕青春深』；其言秋景悲壯，則有『藍水遠從千澗落，玉山高並兩峯寒』，『無邊落木蕭蕭下，不盡長江滾滾來』；其富貴之詞，則有『香回合殿春風轉，花覆千官淑景移』，『麒麟不動鑪烟轉，孔雀徐開扇影還』；其弔古，則有『映階碧草自春色，隔葉黃鸝空好音』，『竹送淸溪月，苔移玉座春』；皆出於風花；然窮理盡性，移奪造化。自古詩人，巧卽不莊，莊卽不巧，巧而能莊，乃如是也矣。」

蔡夢弼集錄杜工部草堂詩話云：金石錄曰：「唐六公詠，李邕撰，胡履靈書。余初讀杜甫八哀詩云：『朗詠六公篇，憂來豁蒙蔽。』恨不見其詩；晚得石本，其文詞高古，眞一代佳作也。六公者，五王各爲一章，狄丞相爲一章。」

蔡夢弼集錄杜工部草堂詩話云：漫叟詩話曰：「詩中有拙句，不失爲奇作；若子美云、『兩箇黃鸝鳴翠柳，一行白鷺上靑天』之句是也。」

蔡夢弼集錄杜工部詩話云：蔡絛西淸詩話曰：「子美洞庭詩云『吳楚東南坼，乾坤日夜浮』，不知子美胸中呑幾雲夢也！」

蔡夢弼集錄杜工部詩話云：三山老人胡氏語錄曰：「子美慈恩寺塔詩，乃譏天寶時事也。山者，人君之象，『秦山忽破碎』，則人君失道矣。賢不肖混淆，而淸濁不分，故曰『涇渭不可求』。天下無綱紀文章，而上都亦然，故曰『俯仰但一氣，焉能辨皇州？』於是思古之賢君不可得，故曰『回首叫虞舜，蒼梧雲正愁』。是時明皇方耽淫樂而不已，故曰『惜哉瑤池飲，日宴崑崙丘』。賢人君子，多去朝廷，故曰『黃鵠去不息，哀鳴何所投？』惟小人貪竊祿位者在朝，故曰『君看隨陽雁，各有稻粱謀。』」

蔡夢弼集錄杜工部詩話云：程氏演繁露：「老杜七歌，『竹林爲我啼淸晝』，蔡絛以竹林爲禽名，恐穿鑿也。竹本非啼，詩人因其號風若哀，因謂之啼，何必有喙者而後能啼耶？說文竹之天然似人之笑，因爲笑字；竹豈能笑？特以象言耳。非笑而可名以笑，從懷哀者觀之，孰不得爲啼耶？」

蔡夢弼集錄杜工部詩話云：螢雪叢說：「老杜詩詞酷愛下『受』字，蓋自得之妙，不一而足，如『脩竹不受暑』、『輕燕受風斜』、『吹面受荷風』、『野航恰受兩三人』，誠用字之工也；然其所以大過人者，無他，只是平易，雖曰似俗，其實眼前事耳。『老妻畫紙爲棋局，稚子敲針作釣鉤』，以老對稚，以其妻對其子，無如此之親切，又是閨門之事，宜與智者道。」

蔡夢蜀集錄杜工部詩話云：古今詞話：「弼人將進酒，嘗以爲少陵詩，作瑞鷓鴣唱云，『昔時曾從漢梁王，濯錦江邊醉幾場；拂石坐來衫袖冷，踏花歸去馬蹄香；當初酒賤寧辭醉，今日愁來不易當；暗想舊遊渾似夢，芙蓉城下水茫茫。』此詩或謂杜甫，或謂鬼仙，或謂曲詞，未知孰是？然詳味其言，唐人語也。首先有『曾從漢梁王』，決非子美作也，況集中不載，灼可見矣，不知楊曼倩何所據云？」

蔡夢弼集錄杜工部詩話云：三山老人語錄曰：「子美送嚴武還朝詩云：『公若登台輔，臨危莫愛身』，是勸以仗節死義也。」

蔡夢弼集錄杜工部詩話云：橫浦張子韶心傳錄曰：「讀子美『野色更無山隔斷，山光直與水相通』，已而歎曰：子美此詩，非特爲山光野色，凡悟一道理透徹處，往往境界皆如此也。」

蔡夢弼集錄杜工部詩話云：丹陽洪景盧容齋隨筆曰：「江山登臨之美，泉石賞玩之勝，世間佳境也；觀者必曰如畫；至於丹青之妙，好事君子嗟嘆之不足者，則又以逼眞目之，如老杜『人間又見眞乘』、『時危安得眞致此？悄然坐我天姥下』、『斯須九重眞龍出，憑軒忽若無丹青』、『高堂見生鶻，直訝松杉冷，兼疑菱荇香』之句是也。以眞爲假，以假爲眞，均之爲妄境耳。人生萬事如是，何特此耶？」

蔡夢弼集錄杜工部詩話云：東坡蘇子瞻詩話曰：「僕嘗夢見人，云是杜子美，謂僕曰：『世人多誤會予八陣圖詩「江流石不轉，遺恨失吞吳」。世人皆以謂先主武侯皆欲與關羽復仇，故恨不能滅吳，非也；我意本謂吳蜀脣齒之國，不當相圖，晉之所以能取蜀，有吞吳之意，此爲恨耳！』」

蔡夢弼集錄杜工部詩話云：臨川王介甫曰：「老杜云『詩人覺來往』，下得『覺』字大好；『瞑色赴春愁』，下得『赴』字太好；若下『見』字『起』字，卽小兒言語。只見吟詩要一字兩字工夫也。」

蔡夢弼集錄杜工部詩話云：韻語陽秋曰：「五言律詩，於對聯中十字作一意，詩家謂之十字格，如老杜放船詩云：『直愁騎馬滑，故作泛舟廻。』對雨詩云：『不愁巴道路，恐濕漢旌旗。』江月詩云：『天邊長作客，老去一霑巾。』是也。」

蔡夢弼集錄杜工部詩話云：古汲高元之荼甘錄曰：「子美於天寶十三載獻西嶽賦，故集有贈獻納使陳舍人詩云：『舍人退食收封事，宮女開函近御筵；曉漏追隨靑瑣闥，晴窻點捒白雲篇。』末章云：『揚雄更有河東賦，唯待吹噓送上天。』其云更有河東賦，當是獻西嶽賦詩也。」

蔡夢弼集錄杜工部詩話云：諸儒詩話：「子美戲作俳諧體遣悶云：『家家養烏鬼，頓頓食黃魚。』養或讀爲上聲，或讀爲去聲。沈存中筆談，以烏鬼爲烏猪，謂其俗呼猪作烏鬼之聲也。蔡寬夫詩話，以烏鬼爲巴俗所事神名也。冷齋夜話謂巴俗多事烏蠻鬼，以臨江故頓頓食食黃魯耳。湘素雜記以鸕鷀爲烏鬼，謂養之以捕魯也。然詩詞事略謂楚峽之間，事烏爲神，所謂神鵶也；故元微之有詩云：『病賽烏稱鬼，巫占瓦代龜。』」夢弼謂當以此事略之言爲是也。蓋養烏鬼食黃魚，自是兩義，皆記巴中之風俗也。峽中黃魚極大者至數百斤，小者亦數十斤，按集中有詩云：「日見巴東峽，黃魚出浪新；脂膏兼飼犬，長大不容身」是也；然是魚豈鸕鷀所能捕哉？彼以烏鬼爲鸕鷀，其謬尤甚矣！或又曰，烏鬼謂猪也，巴峽人家多事鬼，家養一猪，非祭鬼不用，故於羣猪中特呼烏鬼以別之也。今並存之。

蔡夢弼集錄杜工部詩話云：廣陵馬永卿嬾眞子錄曰：『唐時前輩多自重，而後輩亦尊仰前輩而師事之，此風最爲淳厚。杜工部於蘇端薛復筵，簡薛華醉歌首云：『文章有神交有道，端復得之名譽早。』又云：『坐中薛華善醉歌，醉歌自作風格老。』且一篇之中，連呼三人之名，想見當時士人，一經杜老品題，極有聲價；故世願得其品題，不以呼名爲恥也。近世士大夫，老幼不復篤厚，雖前輩詩中，亦不敢斥後進之名，而後進亦不復尊仰前輩，可勝歎哉！』」

蔡夢弼集錄杜工部詩話云：庚溪詩說：「士人程文窮日力作一篇，既不限聲律，復不拘詩句，尙罕得反復折難，使其理判然者。觀赴奉先詠懷五百言，乃聲律中老杜心跡論一篇也。自『杜陵有布衣，老大意轉拙；許身一何愚？竊比稷與契。』其心術祈向，自是稷契等人。『窮年憂黎元，歎息腸內熱。』與飢渴由己者何異？然常為不知者所病，故曰『取笑同學翁。』世不我知而所守不變，故曰『浩歌彌激烈。』又云：『非無江海志，瀟灑送日月；……當今廊廟具，建厦豈云缺！葵藿傾太陽，物性固莫奪。』言非不知隱遁為高也，亦非以國無其人也；特廢義亂倫，有所不可。『以玆悞生理，獨恥事干謁。』言志大術疎，未始阿附以借勢也。為下士所笑，而浩歌自若；皇皇慕君，而雅志棲遁；既不合時，又不為低屈，皆設疑互答，以致意焉；非巨刃有餘，孰能之乎？中間鋪敘『間關酸辛』，宜不勝其戚戚；而『默思失業途，因念遠戍卒，』所謂憂在天下而不為小己失得也。禹稷顏子不害為同道，少陵之迹江湖而心稷契，豈為過哉？孟子曰：『窮則獨善其身，達則兼善天下。』其窮也未嘗無志於國與民，其達也未嘗不抗其易退之節，蚤謀先動，出處一致矣，是時先後周復，正合乎此。昔人目元和賀雨詩為諫書，余特目此詩為心跡論也。」

宋曾季貍裘甫艇齋詩話云：「東湖言荆公畫虎行，用老杜畫鶻行，奪胎換骨。」

艇齋詩話云：「老杜詩中，喜用秦字，予嘗考之，凡押秦字韻者十七八：『韋賢初相漢，范叔已歸秦。』『今欲東入海，卽將西去秦。』『錦江元過楚，劍閣復通秦。』『西江元下蜀，北斗故臨秦。』『錦谷元通漢，沱江本向秦。』『接輿還入楚，王粲不歸秦。』『蘇武先還漢，黃公豈事秦？』『此生那老蜀？不死會歸秦。』『地平江動蜀，天闊樹浮秦。』『近聞王在洛，復道使歸秦。』『地利西通蜀，天文北照秦。』『商山猶入楚，渭水不離秦。』『泊船悲喜後，款款話歸秦。』『比來相國兼安蜀，歸赴朝廷已入秦。』蓋老杜秦人也，故喜言秦。」

艇齋詩話云：「老杜詩，公孫大娘舞劍器行，世以為公孫能舞劍，非也。蓋公孫善舞劍器，劍器者，曲名也。詩序言『公孫氏舞劍器渾脫』，又言『舞西河劍器』；然則渾脫西河劍器三者，皆曲名也。詩中又言『妙舞此曲神揚揚』，則知為曲，信矣。安有婦人能舞刀劍者乎？後人承誤，不能深考耳。」

艇齋詩話云：「老杜桃竹引云：『忽失雙杖兮吾將曷從？』雙杖喻李郭二人也。」

艇齋詩話云：「老杜詩云：『河內無因借寇恂。』然借事在南陽潁川，非在河內也。」

艇齋詩話云：「老杜『青青竹筍迎船出，白白江魚入饌來』。山谷云：『此送人迎庭闈詩，故用此二事，皆孝於親者；然王祥臥冰，於魚事用之則可，孟宗乃母亡後，思母所嘗，冬月生筍，恐不應用也。

艇齋詩話云：「老杜端午賜衣詩『自天題處溼，當暑著來輕』。『自天』、『當暑』皆有出處，『自天申之』『當暑袗絺綌』是也。」

艇齋詩話云：「『鶖費義之墨，貂餘季子裘』，今草堂石本作『鶖貴義之墨』，『貴』比『費』雖無義理，然草入石本，不應有誤也。」

艇齋詩話云：「老杜寫物之工，皆出於目見，如：『花妥鶯捎蝶，谿喧獺趁魚』；『芹泥隨燕嘴，花粉上蜂鬚』；『仰蜂黏落絮，行蟻上枯梨』；『柱穿蜂溜蜜，棧缺燕添巢』；『風輕粉蝶喜，花暖蜜蜂喧』。非目見，安能造此等語。又杜詩中喜言蜂，如上所錄是也。」

艇齋詩話云：「老杜凡兩用迎字對護字，其一，『犬迎曾宿客，鴉護落巢兒』；其一，『護江蟠古木，迎櫂舞神鴉』。」又云：「顧陶唐詩選載少陵『犬迎曾宿客』作『犬憎閒宿客』，語意極麤。然顧陶唐大中間人，所見本又不應誤，不知何也？」

艇齋詩話云：「老杜『吾聞天子之馬走千里』，當作『天馬之子』。」又云：「老杜『破柑霜落爪，嘗稻雪翻匙』，顧陶唐詩選作『破瓜霜落叉』。」

艇齋詩話云：「老杜『白晝攤錢白浪中』，『攤錢』今『攤賭』也。見後漢書梁冀傳。」

艇齋詩話云：「韓子蒼云：老杜『兩箇黃鸝鳴翠柳，一行白鷺上青天』，古人用顏色字，亦須匹配得相當方用，翠上方得見黃，青上方得見白。此說有理。」

艇齋詩話云：「老杜與馬巴州詩云：『勳業終歸馬伏波，功曹非復漢蕭何』。伏波謂馬巴州，功曹自謂也。蕭何功曹事，見虞翻傳注。」

艇齋詩話云：「顧陶唐詩類選二十卷，其間載杜詩，多與今本不同。顧陶，唐大中間人，去杜不遠，所見本必稍眞，今併錄同異於次：『山河扶繡戶』作『星河浮繡戶』，『斫卻月中桂』作『折盡月中桂』，『破柑霜落爪』作『破瓜霜落叉』，『烏蠻瘴遠隨』作『黔谿瘴遠隨』，『老夫貪費日』作『老夫貪賞日』，『秋至輒分明』作『秋至轉分明』，『伴月落邊城』作『伴月下邊城』，『家貧仰母慈』作『家貧賴母慈』，『犬迎曾宿客』作『犬憎閒宿客』，『池中足鯉魚』作『河中足鯉魚』，『賦或似相如』作『賦或比相如』，『老思筇竹杖』作『老思筇竹柱』，『衰疾那能久』作『衰病那能久』，『吾豈獨憐才』作『惟我獨憐才』，『勝迹隗囂宮』作『傳是隗囂宮』，『丹青野殿空』作『丹霄野殿空』，『欲挂留徐劍』作『欲把留徐劍』，『乘爾亦已久』作『乘汝亦已久』，『感動一沈吟』作『感激亦沈吟』，『暗飛螢自照，水宿鳥相呼』作『飛螢自照水，宿鳥競相呼』，『取醉他鄉客，相逢故國人』作『取醉他鄉酒，相逢故里人』，『興來今日盡君歡』作『興來終日盡君歡』，『櫸柳枝枝弱，枇杷樹樹香』作『楊柳枝枝弱，枇杷對對香』，『羞將短髮還吹帽』作『羞將短髮猶吹帽』，『明年此會知誰健』作『明年此日知誰在』，『去年今日侍龍顏』作『去年冬至侍君顏』，『九重春色醉仙桃』作『九天春色醉仙桃』，『不通姓字麤豪甚』作『不通姓字麤豪困』，『宮女開函近御筵』作『宮女開函進御筵』，『黃牛峽靜灘聲轉』作『黃牛峽淺灘聲急』，『俯視但一氣』作『俯視但吁氣』，『明我長相憶』作『知我長相憶』，『何以有羽翼』作『何以生羽翼』。」

「又載風涼原上作一首，今杜詩無之。其詩全錄於此：『陰森宿雲端，霧露濕松柏；風淒日初晚，下嶺望川澤；連山無晦明，秋水千里白；佳氣鬱未央，聖在凝碧；關門阻天下，信是帝王宅；海內方晏然，廟堂有良策；時貞守全運，罷去遊說客；余忝南臺人，尋憂免貽責』。以此見杜詩尙多，今集中所載，亦不能盡也。」

艇齋詩話云：「老杜『褥隱繡芙蓉』，隱當如隱几之隱字讀。『守歲阿戎家』，東坡云當作『阿咸家』，乃是。」

又云：「老杜詩『能饑稚子色凄凉』，『能』字讀作『奈』，用西漢能風與旱之『能』。『玉山高並兩峯寒』，『並』讀作『傍』，亦用西漢『並』字也。」

又云：「老杜云『池上于今有鳳毛』，本南朝謝鳳之子，謂之鳳毛。鳳本人名，而老杜直以爲眞鳳毛；今人因仍以人家小兒爲鳳毛。蓋知本老杜，而不知本南史爾。」

宋吳可藏海詩話云：「老杜詩云：『行步欹危實怕春』，『怕春』之語，乃是無合中有合，謂『春』字上不應用怕字，今却用之，故爲奇耳。」

又云：「杜詩敍年譜，得以考其辭力，少而銳，壯而肆，老而嚴，非妙於文章，不足以致此；如說華麗平淡，此是造語也，方少則華麗，年加長漸入平淡也。」

又云：「世傳『酒債尋常行處有，人生七十古來稀』，以爲尋常是數，所以對七十。老杜詩亦不拘此說，如『四十明朝是，飛騰暮景斜』，又云『羇棲愁裏見，二十四回明』，乃是以連綿字對連綿數目也。以此，可見工部立意對偶處。」

又云：「老杜句語穩順而奇特，至唐末人雖穩順而奇特處甚少，蓋有衰陋之氣；今人才平穩，則多壓塌矣。」

又云：「『白鷗沒浩蕩，萬里誰能馴』，『沒』若作『波』字，則失一篇之意。如鷗之出沒萬里浩蕩而去，其氣可知；又『沒』字當是一篇暗關鎖也，蓋此詩只論浮沉耳。今人詩不及古人處，惟是做不成。（案此語出蘇軾志林，蓋論宋敏朮之輕改杜詩，此引之而沒其名氏）」

又云：「歐公稱『身輕一鳥過』，子蒼云此非杜佳句，僕云當時補一字者又不知是何等人，子蒼云極是。」

又云：「『傾銀注瓦驚人眼』，韓子蒼云『瓦』當作『玉』，葢前句中已有『老瓦盆』，此豈復更用『瓦』字？瓦與銀玉固有異，其爲醉則一也。『軒墀曾寵鶴』，當用『軒車』，非『軒墀』。『河內尤宜借冠恂』，非『河內』。」

又云：「『筍根稚子無人見』，不當用『稚子』字，蓋古樂府詩題有『雉子班』，『雉子』『鳧雛』，自是佳對。杜詩有『鳳子』亦對『鳧雛』，（案鳳子字出韓渥詩）此可以稽證也。金陵新刊杜詩，註云：『稚子，筍也』，此大謬！古今未有此說。」

又云：「『功曹非復漢蕭何』，不特見漢書注兼三國志云『爲功曹當如蕭何也』，此說甚分明。劉貢父云：『蕭何未嘗作功曹』。劉極賅博，何爲不能記此出處也？」

又云：「某人詩云『男兒老大遂功名』，杜詩『功名遂』乃佳，『遂功名』則不成語矣。」

又云：「陳子高云：『工部杜鵑詩，乃摹寫庾信杜鵑詩』（案今庾集無杜鵑詩），『窮途俗眼還遭白』便不如『窮途返遭俗眼白』。」

又云：「蘇叔黨云：東坡嘗語後輩作古詩當以老杜北征爲法。」

又云：「老杜詩云『一夜水高二尺強，數日不可更禁當；南京津頭有船賣，無錢卽買繫籬傍』，與竹枝詞相似，蓋卽俗爲雅。」

宋黃常明徹䂬溪詩話云：「諸史列傳，首尾一律，左氏傳春秋則不然，千變萬狀，有一人稱目至數次異者，族氏、名字、爵邑、號諡，皆密布其中而寓諸褒貶，此史家祖也。觀少陵詩，疑隱寓此旨，若云『杜陵有布衣』、『杜曲幸有桑麻田』、『杜子將北征』、『臣甫憤所切』、『甫也東西南北人』、『有客有客字子美』，蓋自見其里居名字也。『不作河西尉』、『白頭拾遺徒步歸』、『備員竊補袞』、『凡才汚省郎』，補官遷陟，歷歷可考。至敘他人，亦然，如云『粲粲元道州』，又云『結也實國幹』，凡例森然，誠春秋之法也。」

又云：「老杜送嚴武云：『公若登台輔，臨危莫愛身』，寄裴道州蘇侍御云：『致君堯舜付公等，早據要路思捐軀』，此公素所蓄積而未及施設者，故樂以告人耳。夫全軀碌碌之人，果何能爲？汲長孺曰：『天子置公卿，寧令從諛承意；縱愛身，奈辱朝廷何？』任遐曰：『褚彥回保妻子，愛性命，遐能制之。』觀此以驗二詩，信而有證矣。自比稷契，豈爲過哉？」

又云：「孟子七篇，論君與民者居半；其餘欲得君，蓋以安民也。觀杜陵窮年憂黎元，歎息腸內熱；『胡爲將暮年，憂世心力弱？』宿花石戍云『誰能叩君門，下令減征賦？』

寄柏學士云『幾時高議排高，各使蒼生有環堵？』『寧令吾廬獨破，受凍死亦足。』而志在大庇天下寒士，其心廣大，異夫求穴之螻蟻輩，眞孟子所存矣！東坡問老杜何如人？或言似司馬遷，但能名其詩耳；愚謂老杜似孟子，蓋原其心也。」

又云：「石筍行云『惜哉俗態好蒙蔽，亦如小臣媚至尊』，小臣非小官也。凡事君不以道，雖官尊道崇，不害爲小臣耳。下云『政化錯迕失大體，坐看傾危受厚恩』，此非官小者所當也；但乍讀者，則小臣之語，似不指公卿耳。末云『安得壯士擲天外？使人不疑見本根』，豈非欲取渾敦窮奇，投諸四裔，使天下如一，同心戴舜者歟？」

又云：「子美世號詩史，觀北征詩云：『皇帝二載秋，閏八月初吉。』送李校書云：『乾元元年春，萬姓始安宅。』又戲友二詩：『元年建巳月，郎有焦校書』，『元年建巳月，官有王司直。』史筆森嚴，未易及也。」

又云：「賈生終軍欲輕事征伐，大抵少年躁銳；使綿歷老成，當不如此。昔人欲沈孫武於五湖，斬白起於長平，誠有謂哉！嘗愛老杜云『愼勿呑青海，無勞問越裳；大君先息戰，歸馬華山陽』，又有『安得壯士挽天河，淨洗甲兵長不用？』『安得務農息戰鬭，普天無吏橫索錢？』『願戒兵猶火，恩加四海深。』『不眠憂戰伐，無力正乾坤。』其愁歎憂戚，蓋以人主生靈爲念。孟子以善言陳戰爲大罪，我戰必克爲民賊，仁人之心，易地皆然。」

又云：「『一朝自罪己，萬里車書通』，此與無逸旅獒、孟子格君心之非、汲長孺諫上多欲、魏鄭公十漸、陸宣公之奉天詔書，無二道也。『明朝有封事，數問夜如何』，此幸得之坐以待旦之意。『避人焚諫草，騎馬欲雞棲』，所謂嘉謀嘉猷，入告爾后於內，乃順之於外曰：斯謀斯猷，惟我后之德也。」

又云：「『霄漢瞻佳士，泥塗任此身』，只『任』字即人不到處，自衆人必曰『歎』曰『媿』，獨無心『任』之，所謂視如浮雲，不易其介者也。繼云『秋天正搖落，回首大江濱』，大知並觀，傲睨天地，汪汪萬頃，奚足云哉？」

又云：「『萬方頻送喜，無乃聖躬勞』，雖云稱賀收復，抑又蘊深意元首無爲乃分位固然；其所以遽離廟社，遠播蒙塵者，諂諛之臣，實爲禍階耳。噫，諛言諂作，日陳乎前，黃屋雖不欲勞，不可得也。」

又云：「杜集及馬與鷹甚多，亦屢用屬對，如『老驥倦知道，蒼鷹饑易馴』，『老驥思千里，飢鷹待一呼』、『老馬倦知道，蒼鷹飢著人』、『驥病思偏秣，鷹愁怕苦籠』、『放蹄知赤驥，捩翅服蒼鷹』、『老驥倦驤首，飢鷹愁易馴』，聰馬行云『吾聞良驥老始成，此馬數年人更驚』，又『不比俗馬空多肉，一洗萬古凡馬空』。楊監出畫鷹云『干戈少暇日，眞骨老崖嶂；爲君除狡兎，會見翻鞲上』。王兵馬使二角鷹云『安得爾輩開其羣，驅出六合梟鸞分』。畫鷹云『何當擊凡鳥？毛血灑平蕪』。餘尙多有之，蓋其致遠壯心，未甘伏櫪，嫉惡剛腸，尤思排擊，語曰『驥不稱其力，稱其德也。』左氏曰『見無禮於其君者，如鷹鸇之逐鳥雀』，少陵有焉！」

又云：「老杜畏人有云：『門徑從蓁草，無心待馬蹄。』又『直須上番看成竹，客至從嗔不出迎』，將遺物離人矣。答嚴八乃云『只須伐竹開荒徑，拄杖穿花聽馬嘶。』又有『草萊無徑欲教鋤。』亦如厭就成都卜而云『浣將百錢卜，漂泊問君平。』自知者觀之，則爲遊戲篇章，得大自在；俗士拘泥，前後不相應也。」

又云：「老杜觀打魚云：『設網萬魚急。』蓋指聚斂之臣，苛法侵漁，使民不聊生，乃『萬魚急』也。又云『能者操舟疾若風，撐突波濤挺叉入』，小人舞智趨時，巧宦數遷，所謂『疾若風』也；殘民以逞，不顧傾覆，所謂『挺叉入』也。『日暮蛟龍改窟穴，山根鱣鮪隨雲雷』，魚不得其所，龍豈安居，君與民猶是也；此與六義比興何異？『吾徒何爲縱此樂？暴殄天物聖所哀』，「此樂而能戒，又有仁厚意，亦如『前王作網罟，設法害生成』，不專爲取魚也。」

又云：「老杜『十暑岷山葛，三霜楚戶砧』、『九鑽巴噀火』，『三蟄楚祠雷』，其書歲月也新矣！」

又云：「『山陰野雪興難乘』、『佳晨強飯食猶寒』，皆斡旋其語，使就音律。近律有『天上驕雲未肯同』、『十年江海別常輕』、『花下壺盧鳥勸提』、『與君蓋亦不須傾』，皆此法也。」

又云：「杜夜宴左氏莊云：『檢書燒燭短』，燭正不宜觀書，檢閱時暫，可也。」

又云：「遊山寺云：『雖有古殿存，世尊亦塵埃；山僧衣藍縷，告訴棟樑摧。』本卽所賦事，自然及於乘輿蒙難，股肱非材之意，豈非忠義所感，一飯不忘君耶？」

又云：「老杜云『扁舟空老去，無補聖明朝』，又云『報主身已老』，以稷契輩人，而使老棄閒曠，非惟不形怨望，且惓惓如此。彼遭時遇主，言聽計從，復幸年鬢未暮，而不能攄誠勠力，以圖報效，良不愧此歟？」

又云：「杜詩四韻並絕句，味之皆覺字多，以字字不閒故也；他人雖長編，若無可讀。正如賢人君子並處朝廷，但得一二相助，已號得人；若不能爲有無者，縱累千百輩，蔑如也。寄題江外草堂云：『誅茅初一畝，廣地方連延；經營上元始，斷乎寶應年；敢謀土木麗，自覺面勢堅。』又題衡山縣學堂云：『旄頭彗紫微，無復俎豆事；嗚乎已十年，儒服敝於地；衡山雖小邑，首倡恢大義；講堂非曩造，大屋加塗塈；下可容萬人，墻隅亦深邃；林木在庭戶，密榦疊淸翠；有井朱夏時，轆轤凍階戺；釆詩倦跋涉，載筆尙可記。』豈不是草堂縣學記？」

又云：「武帝見顏駟龐眉皓首，問何時爲郎，何其老也！對曰：『文帝好文而臣好武，景帝好老而臣尙少，陛下好少而臣老矣。』老於爲郎，此事尤著。竊怪老杜屢傷爲郎白首，每稱馮唐，而罕及駟。愚謂駟生既不遇三君，身後復不遇老杜，可笑也。」

又云：「『老杜途窮反遭俗眼白』，本用阮籍事，意謂我輩本宜以白眼視俗人；至小人得志，嫉視君子，是反遭其眼白，故倒用之。亦如『水淸反多魚』，乃倒用『水至淸則無魚』也。」

又云：「世傳五月十三日爲竹迷日，凡種竹以五月。杜云『東林竹影薄，臘月更須栽』，則唐人植竹，用季冬月也。又云『平生憇息地，必種數竿竹』，嘗欲闢小軒，以必種目之。」

又云：「杜云『嗜酒狂嫌阮，知非晚笑蘧』，近集有『素書款款誰憐杜？采筆遒遒獨勝江』、『榻半烟花常歎杜，海中童丱尙追徐』、『河魚潰腹空號楚，汗足流骸始信吳』，皆用此格。」

又云：「『謁帝似馮唐』、『垂白馮唐雖遠達』、『馮唐毛髮白』、又『長卿多病久』、『我□長卿病，病渴汚官位』，杜以其爲郞，故用之。若他人『老與病』者，恐不可概使。」

又云：「否卦包承小人吉，說者謂小人在下者包之，小人在上者承之，蓋處當然。杜云：『曲直吾不知，負暄候樵牧，是非何處定？高枕笑浮生；洗眼看輕薄，虛懷任屈伸；寄謝悠悠世上兒，不爭好惡莫相疑。』其寄傲疎放，擺脫世網，所謂兩忘而化其道者也。」

又云：「老杜送殿中楊監赴蜀見相公云：『豪俊貴勳業，邦家頻出師；相公鎭梁益，軍事無孑遺。』以是知邊鄙之臣貪功生事，結禍招釁皆有以致之；一得忠臣處之，生靈受賜矣。」

又云：「古柏云『大厦如傾要梁棟，萬牛回首邱山重』，此賢者之難進易退，非其招不往者也。又云『不露文章世已驚，未辭翦伐誰能送』，先器識，後文藝，與浮躁衒露者異矣。」

又云：「杜云『爾輩可忘年』、『含悽覺汝賢』、『送爾維舟惜此筵』、『汝與山東李白好』，自世俗觀之，則爲簡傲；詩家不然，亦嘗有云『忘形到爾汝』。」

又云：「花卿歌『用如快鶻風火生』。南史曹景宗謂所親曰：『昔在鄉里，與少年輩拓弓弦作霹靂聲，放箭如餓鴟叫，覺耳後生風，鼻尖出火。』子美蓋不拘泥於鴟鶻之異也。」

又云：「蕭文煥能書善畫，於扇上圖山水，咫尺之內，便覺萬里爲遙；老杜戲題山水圖云：『尤工遠勢古莫比，咫尺應須論萬里。』乍讀似非用事。如『男兒既介冑，長揖別上官。』用『介冑之士不拜』。『婦人在軍中，兵氣恐不揚。』用『軍中豈有女子乎』，皆用其意而隱其語。」

又云：「『性豪業嗜酒，嫉惡懷剛腸；飲酣視八極，俗物都茫茫。』此子美胸中也，宜其孩弄嚴武，藐視禮法，而朱老阮生皆預莫逆，遭田父泥飲，至被肘而不悔，其內直外曲，強禦不畏，矜寡不侮，非世俗所能測也。」

又云：「『許身一何愚！自比稷與契。』『杜陵布衣老且愚，信口自比契與稷。』其平居趣造，自是唐虞上人；時夸儀秦，似不可曉，『飄飄蘇季子，六印佩何遲？』『敝裘蘇季子，歷國未知還。』『季子黑貂敝，得無妻嫂欺？』戰國奸臣，蘇張爲渠魁，此老不應未喻。及觀『薇蕨餓首陽，裘長資歷聘；賤子欲適從，疑誤此二柄。』其意甚明，前言蓋戲耳。」

又云：「杜集多用經書語，如『車轔轔，馬蕭蕭』，未嘗外入一字；如『天屬尊堯典，神功協禹謨』、『卿月升金掌，王春度玉墀』、『霽潭鱣發發，春草鹿呦呦』，皆渾然嚴重，如天陛赤墀，植璧鳴玉，法度森鏘；然後人不敢者，豈所造語膚淺不類耶？」

又云：「子美『南風作秋聲，殺氣薄炎熾』，蓋用易『雷風相薄』，左氏『寧我薄人，無人薄我』。軍志『先人有奪人之心，薄之也』。」

又云：「老杜流落不偶，然已爲當世所尊，嘗有『杖藜還客拜』，又有客云『老病人扶再拜難』，則其『坐深鄉曲敬』可知矣。雖然，樊宗師見劉義詩，尚爲之獨拜，況杜老乎！」

又云：「數物以『個』，謂『食』爲『喫』，甚近鄙俗，獨杜屢用：『峽口驚猿聞一個』、『兩個黃鸝鳴翠柳』、『却繞井欄添個個』，送李校書云『臨歧意頗切，對酒不能喫』、『樓頭喫酒樓下臥』、『但使殘年飽喫飯』、『梅熟許同朱老喫』，蓋篇中大概奇特可以映帶者也。東坡云：『筆工傚諸葛散卓，反不如常筆』，正如人學作老杜詩，但見其麤俗耳。」

又云：「杜詩有用一字凡數十處不易者，如『緣江路熟俯青郊』、『傲睨俯峭壁』、『展席俯長江』、『杖藜俯沙渚』、『此邦俯要衝』、『四顧俯層巔』、『旄頭俯澗瀍』、『層臺俯風渚』、『遊目俯大江』、『江檻俯鴛鴦』，其餘一字屢用若此類甚多，不能具述。」

又云：「子美有『同學少年多不賤』，又『小徑升堂舊不斜』、『羣仙不愁思』、『夕烽來不近』，皆爲人所不敢用，甚類周禮『凡師不功』、左傳『仁而不武』，晋人聞有楚師，師曠曰：『不害，楚歸而後動，不後。』率以易『無』字爾，而語勢頓壯。」

又云：「介甫梅詩云：『少陵爲爾牽詩興，可是無心賦海棠。』杜默云：『倚風莫怨唐工部，後裔誰知不解詩？』曾不若東坡柯邱海棠長編，冠古絕今，雖不指明老杜，而補亡之意，蓋使來世自曉也。」

又云：「子美『於菟侵客恨』，乃楚人謂虎爲『於菟』。『土銼冷疎烟』，乃蜀人呼釜爲『銼』。『富豪有錢駕大舸』，方言南楚江湘，凡船大者謂之『舸』。『百丈誰家上水船』，荆峽以竹纜爲『百丈』。『塹抵公畦稜』，京師農人指田云『幾稜』。『市暨瀼西嶺』，夔人謂江水横通山谷處爲『瀼』。」

又云：「老杜所以爲人稱慕者，不獨文章爲工，蓋其語默所主，君臣之外，非父子兄弟，卽朋友黎庶也。」

又云：「山澤之儒多癯，詩人尤甚，子美有『思君令人瘦』。」

宋范晞文景文對牀夜雨云：「蕭千巖德藻云：『詩不讀書不可爲；然以書爲詩，不可也。』老杜云『讀書破萬卷，下筆如有神』，讀書而至破萬卷，則抑揚上下，何施而不可？非謂以萬卷之書爲詩也。」

又云：「老杜詩『天高雲去近，江逈月來遲；衰謝多扶病，招邀屢有期』，上聯景，下聯情。『身無却少壯，跡有但覊栖；江水流城郭，春風入鼓鼙』，上聯情，下聯景。『水流心不競，雲在意中遲』，景中之情也。『卷簾唯白水，隱几亦青山』，情中之景也。『感時花濺淚，恨別鳥驚心』，情景相觸而莫分也。『白首多年疾，秋天昨夜涼』、『高風下木葉，永夜攬貂裘』，一句情，一句景也。固知景無情不發，情無景不生。或者便謂首首當如此作，則失之甚矣。如『淅淅風生砌，團團月隱牆；遙空秋雁滅，半嶺暮雲長；病葉多先墜，寒花只暫香；巴城添淚眼，今夕復淸光』，前六句皆景也；『淸秋望不盡，迢遞起層陰；遠水兼天淨，孤城隱霧深；葉稀風更落，山逈日初沈；獨鶴歸何晚！昏鴉已滿林』，後六句皆景也，何患乎情少？」

又云「五言律詩，固要妥貼；然妥貼太過，必流於衰；苟時能出奇於第三字中下一拗字，則妥貼中隱然有峻直之風。老杜有全篇如此者，試舉其一云：『帶甲滿天地，胡爲君遠行？親朋盡一哭，鞍馬去孤城；草木歲月晚，關河霜雪淸；別離已昨日，因見古人情。』散句如『乾坤萬里眼，時序百年心』、『梅花萬里外，雪片一冬深』、『一逕野花落，孤邨春水生』、『蟲書玉佩蘚，燕舞翠帷塵』、『村春雨外急，鄰火夜深明』、『山縣早休市，江橋春聚船』、『老馬夜知道，蒼鷹飢著人』，用實字而拗也；『行色遞隱見，人烟時有無』、『蟬聲集古寺，鳥影度寒塘』、『簷雨亂淋幔，山雲低度牆』、『飛星過水白，落月動沙虛』，用虛字而拗也。其他變態不一，却在斡旋之何如耳？苟執以爲例，則盡成死法矣！」

又云：「虛活字極難下，虛死字尤不易，蓋雖是死字，欲使之活，此所以爲難。古杜『古墻猶竹色，虛閣自松聲』及『江山有巴蜀，棟宇自齊梁』，人到於今誦之。予近讀其瞿塘兩崖詩云『入天猶石色，穿水忽雲根』，『猶』『忽』二字，如浮雲著風，閃爍無定，誰能跡其妙處？他如『江山且相見，戎馬未安居』、『故國猶兵馬，他鄉亦鼓鼙』、『地偏初衣袷，山擁更登危』、『詩書遂墻壁，奴僕且旌旄』，皆用力於一字。」

又云：「『汲黯匡君切，廉頗出將頻；直辭才不世，雄略動如神』，以下聯貼上聯也。『神女峯娟妙，昭君宅有無；曲留明怨惜，夢盡失歡娛』，猶前格也，特倒置下句耳。若『羣盜哀王粲，中年召賈生；登樓初有作，前席竟爲榮；宅入先賢傳，才高處士名；異時懷二字，春日復含情』，未見其全篇，如此亦又一格也。」

又云：「雙字用於五言，視七字爲難，蓋一聯十字耳，苟輕易放過，則何所取也？老杜雖不以此見工，然亦每加之意焉。觀其『納納乾坤大，行行郡國遙』，不用『納納』，則不足以見乾坤之大；不用『行行』，則不足見道路之遠。又『寂寂春將晚，行行物自私』，則一氣轉旋之妙，萬物生成之喜，盡於斯矣。至若『汀烟輕冉冉，竹日淨暉暉』、『湛湛長江去，冥冥細雨來』、『野遙荒荒白，春流泯泯清』、『地晴絲冉冉，江碧草纖纖』、『急急能鳴雁，輕輕不下鷗』、『簷影微微落，津流脈脈斜』、『相逢雖衮衮，告別莫匆匆』等句俱不汎。若『濟潭鱣發發，春草鹿呦呦』，則全用詩語也。」

又云：「老杜詩『兩邊山木合，終日子規啼』，以終日對兩邊；『不知雲雨散，虛費短長吟』，以短長對雲雨；『桑麻深雨露，燕雀半生成』，以生成對雨露；『風物悲遊子，登臨憶侍郎』，以登臨對風物。句意適然，不覺其偏枯，然終非法也。」

又云：「老杜詩『重露成涓滴，稀星乍有無』，前輩謂此聯能窮物理之變，探造化之微。又有句云『久露晴初溼，高雲薄未還』，又『晚照斜初徹，浮雲薄未歸』，雖不迨前作，然含悠揚不迫之意，他人未易及也。若『塞雲多斷續，邊日少光輝』，又『蜀星陰見少，江雨夜聞多』，則又於前所稱者不同也。」

又云：「老杜多欲以顏色字置第一字，却引實字來，如『紅入桃花嫩，青歸柳葉新』是也；不如此，則語既弱而氣亦餒。他如『青惜峯巒過，黃知橘柚來』、『碧知湖外草，紅見海東雲』、『綠垂風折筍，紅綻雨肥梅』、『紅浸珊瑚短，青懸薜荔長』、『翠深開斷壁，紅遠結飛樓』、『翠乾危棧竹，紅膩小湖蓮』、『紫收岷嶺芋，白種綠池蓮』，皆如前體；若『白摧朽骨龍虎死，黑入太陰雷雨垂』，益壯而險矣。」

又云：「老杜詩『冬溫蚊蚋在，人遠鳧鴨亂』，詩意謂因冬之溫，故尙有蚊蚋；因人之遠，故鳧鴨得恣其亂，默有所寓也。韓子蒼乃謂人遠如鳧鴨之亂，恐非公意。況此十字，正是五言句法。」

又云：「『牽牛出河西，織女處其東；萬古永相望，七夕誰見同；神光竟難候，此事終朦朧。』此則老杜不取世俗說也；然又有詩云『牛女年年渡，何曾風浪生』。」

又云：「『無貴賤不悲，無富貧亦足；萬古一骸骨，鄰家遞歌哭。』又『禍首燧人氏，厲堦董狐筆；君看燈燭張，轉使飛蛾密。』達道之言也，詩云乎哉？」

又云：「自京赴奉先有云『入門聞號咷，幼子飢已卒；吾寧捨一哀，里巷猶嗚咽；所愧爲人父，無食致夭折；豈知秋未登，貧窶有倉卒』，舐犢之悲，流出胸臆，故彭衙行云『衆雛爛熳睡，喚起霑盤飧』，赴五十五會云『病身殊俊味，何幸飫兒童』。」

又云：「『寄書問三川，不知家在否？比聞同罹禍，殺戮到鷄狗；幾人全性命，盡室豈相偶？自寄一封書，今已十月後；反畏消息來，寸心亦何有？』亂離之後，殺戮殆盡，其能全家免死者幾希矣，故反畏其消息之回。憶昔云：『洛陽宮殿燒焚盡，宗廟新除狐兎穴；傷心不忍問耆舊，復恐初從亂離說。』亦慮其動懷舊之悲也。」

又云：「『干戈猶在眼，儒術豈謀身？』、『紈袴不餓死，儒冠多誤身。』感憤之作也，曾何傷？若『儒術於我何有哉？孔丘盜跖俱塵埃。』此聖人之名，而使之與盜賊同列，嘻！得罪於名教亦甚焉！或謂孟子曰舜跖之徒，舜與跖豈可徒耶？然爲利爲善之別，亦昭然矣。」

又云：「寄岑參云：『沉吟坐秋軒，飯食錯昏晝。』謂懷人之深，至忘昏晝也。夔府咏懷云：『奴僕何知證，恩榮錯與權。』謂小人之僭，不可假借也。至日云：『何人錯憶窮愁日，愁日愁隨一線長。』堂成云：『旁人錯比揚雄宅，懶惰無心作解嘲。』呀鶻云：『清秋落日已側身，過雁歸鴉錯回首。』他如『尙錯雄鳴管』、『錯揮鐵如意』及『擧目貪看鳥，回頭錯譬人』、『江邊老翁錯料事，眼睛不見風塵淸』，雖出一手，而用之工拙，亦甚易辨。」

又云：「漢書『大兒孔文擧，小兒楊德祖』最能行云：『小兒學問止論語，大兒結束隨商旅。』徐鄉二子歌：『大兒九齡色淸澈，秋水爲神玉爲骨；小兒五歲氣食牛，滿堂賓客皆回頭。』劉少府畫山水歌：『大兒聰明到，能添老樹巔崖裏；小兒心孔開，貌得山僧及童子。』本漢語也。」

又云：「詩用古人名，前輩謂點鬼簿，蓋惡其爲事所使也。如老杜『但見文翁能化俗，焉知李廣不封侯？』『今日朝廷須汲黯，中原將帥憶廉頗』等作，皆借古以明今，何患乎多？」

又云：「王荆公謂老杜『暝色赴春愁』，下得『赴』字，大好；若下『見』字『起』字，即小兒言語。予觀唐詩，知此句乃皇甫冉詩，荆公誤記也，其詩云：『暝色赴春愁，歸人南渡頭；渚烟空翠鶴，湖月碎光流。』云云。」

又云：「杜子美云『續兒通文選』，又云『熟精文選理』，然則子美教子以文選歟？……文選中求議論則無，求奇麗則多矣。子美不獨子，其作詩乃自文選中來，大抵宏麗語也。」

又云：「山谷晚作大雅堂記，謂子美死四百年，後來名世之士，不知其人，然而未有能升子美之堂者，此論不爲過。」

又評子美劍門詩云：「『一夫怒臨關，百萬未可傍。』余嘗聞之王大卿俁曰：『一夫怒乃可，若不怒，雖臨關何益也？』昭陵、泥功山、岳麓寺、鹿頭山、七歌、遭田父泥飲、又上後園山脚、收京，北征、壯遊，子美詩設詞措意，與他人不可同年而語，如狀昭陵之威靈，乃云『玉衣晨自擧，鐵馬汗常趨』；狀泥功山之險，乃云『朝行靑泥上，暮在靑泥中；白馬爲鐵驪，小兒成老翁』；狀岳麓寺之佳，乃云『塔刼宮墻壯麗敵，香厨松道淸涼俱』；此其用意處，皆他人所不到也。鹿頭山云：『遊子出京華，劍門不可越。』七歌云：『山中儒生舊相識，但話宿昔傷懷抱。』遭田父泥飲云：『久客惜人情，如何拒鄰叟？』又上後園山脚云：『到今事反覆，故老淚萬行；龜蒙不可見，況乃懷故鄉。』皆人中事而口不能言者，而子美能言之；然詞高雅，不若元白之淺近也。收京云：『賞應歌杕杜，歸及薦櫻桃。』有旨哉！與陸宣公諫德宗尋訪內人疏何異？子美顚沛造次於兵戈之中，而每以宗廟爲言，如北征，往往是也，此其意尤不可及。壯遊云：『河朔風塵起，岷山行幸長；兩宮各警蹕，萬里遙相望。』不待褒貶而是非自見矣。」

評子美屛跡二首云：「『用拙存吾道』，若用巧，則吾道不存。心跡雙淸，從白頭而不厭也。子美用意如此，豈特詩人而已哉！『桑麻深雨露，燕雀半生成』，此子觀物之句也；若非幽居，豈能近此物情乎？妙哉，造化春工盡於此矣！」

又評子美已上人茅齋詩曰：「余嘗聞劉右司棐以子美『枕簟入林僻，茶瓜留客遲』，最得避暑之佳趣；余不以爲然。鄭武子曰：『此句非不佳，但多「僻」與「遲」兩字，若云枕簟入林，茶瓜留客，豈不快哉！』」

又評子美冬日洛城北謁玄元皇帝廟云：「以神武定天下，高祖太宗之功也，何必以家世不若商周爲愧，而妄認老子爲祖，必不足以爲榮，而適足以貽世笑。子美云：『世家遺舊史。』謂老子爲唐之祖；其家世不見於舊史也。『守祧嚴具禮。』謂以宗廟事之也。五聖千官等句，雖若狀吳生畫手之工，而其實謂無故而畫五聖千官於此也。凡此事既明白，但直敍其事，是非自見，六義所謂賦也。身退知周室之卑，漢文景尙黃老垂拱無爲而天下治，老子之道如此，故子美云：『谷神如不死，養拙更何鄉』也。」

又評戲爲六絕句云：「此詩非爲庾信王揚盧駱而作，乃子美自謂也。子美在時，雖名滿天下，人猶有議論其詩者，故有『嗤點哂未休』之句。夫子美詩超今冠古，一人而已，然而其生也，人猶笑之，歿而後人敬之，況其下者乎？子美忿之，故云『爾曹身與名俱滅，不廢江河萬古流』、『龍文虎脊皆君馭，歷塊過都見爾曹』也。然子美豈其忿哉？戲之而已。其云『或看翡翠蘭苕上，未掣鯨魚碧海中。』若子美眞所謂掣鯨魚碧海中者也；而嫌于自許，故皆題爲戲句。」

又評杜甫自京赴奉先縣詠懷五百字云：「少陵在布衣中，慨然有致君堯舜之志，而世無知者，雖同學翁亦頗笑之，故『浩歌彌激烈，沈飲聊自遣』也。此與諸葛孔明抱膝長嘯無異，讀其詩可以想其胸臆矣。嗟夫！子美豈詩人而已哉？其云『彤庭所分帛，本自寒女出；鞭撻其夫家，聚歛貢城闕；聖人筐篚恩，實欲邦國活；臣如忽至理，君豈棄此物；多士盈朝庭，仁者宜戰慄。』又云『朱門酒肉臭，路有餓死骨；榮枯咫尺異，惆悵難再述。』方幼子餓死之時，尙以常免租稅不隸征伐爲幸，而思失業徒，念遠戍卒，至於『憂端齊終南』，此豈嘲風詠月者哉？蓋深於經術者也，與王吉貢禹之流等矣。」

評杜工部哀王孫云：「觀子美此詩，可謂心存社稷矣。烏朝飛而夜宿，今『夜飛延秋門上呼，又向人家啄大屋』者，長安城中兵亂也。鞭至於斷折，馬至於九死，『骨肉不待同馳驅』，則達官走避胡之急也。以龍種與常人殊，又囑王孫使善保千金軀，則愛惜宗室子孫也；雖以在賊中之故，『不敢長語臨交衢』，然『且爲王孫立斯須』者，哀之不忍去也。朔方健兒非不好身手，而『昔何勇銳今何愚？』不能抗賊，使宗室子孫狼狽至此極也！

『竊聞太子已傳位』，必云太子者，以言神器所歸，吾君之子也。言『聖德北服南單于』，又言花門助順，所以慰王孫也。其哀王孫如此，心存社稷而已；而王深父序皮以爲譏刺明皇，失子美詩意矣。」

許杜工部行次昭陵云：「自『文物多師古』以下四句，不唯美太宗之治，亦歎今之不然也。書云『上帝降灾於下方』，太宗即位之初，兵戈猶未已，然太宗指揮而安率土，遂盪滌汚俗而致太平，其易如此。『玉衣晨自擧，鐵馬汗常趨』，蓋歎其威靈如在。『寂寥開國日，流恨滿山隅』，歎後世子孫寂寥，無復太宗開國時遺風，是以流恨滿山隅也。」

許工部洗兵馬云：「觀此詩聞捷書之作，其喜氣乃可掬，眞所謂情動於中而形於言，言之不足，不知手之舞之足之蹈之也。其曰『東走無復憶鱸魚，南飛覺有安巢鳥』，言人思安居，不復避亂也。曰寸地尺天，曰奇祥異端，曰皆入貢，曰爭來送，曰不知何國，曰復道諸山，皆喜躍之詞也。『隱士休歌紫芝曲』，言時平當出也。『詞人解撰河清頌』，言當作頌聲也。『田家望望惜雨乾，布穀處處催春種』，言思歸農也。『淇上健兒歸莫懶，城南思婦愁多夢』，言戍卒歸休，室家之思憶，叙其喜躍，不嫌於褻，故云歸莫懶愁多夢也。至於『鶴駕通宵鳳輦備，鷄鳴問寢龍樓曉』，雖但叙一時喜慶事，而意乃諷肅宗，所謂主文而譎諫也。『攀龍附鳳勢莫當，天下盡化爲侯王；汝等豈知蒙帝力，時來不得誇身強』，雖似憎惡武夫，而熟味其言，乃有深意。子美於克捷之初，而訓勅將士，俾知帝力，不得誇身強，其憂國不亦至乎！子美吐詞措意每如此，古今詩人所不及也。山谷晚作大雅堂記，謂子美詩好處，正在無意而意已至，若此詩是也。」

評秦州雜詩云：「『長江風送客，孤館雨留人』，此晚唐佳句也；然子美『塞門風落木，客舍雨連山』，則留人送客，不待言矣。第十八首『塞雲多斷續，邊日少光輝』，此兩句畫出邊塞風景也。『山雪河水野蕭索，青是烽烟白人骨』亦同。」

評子美乾元中寓居同谷七歌云：「若乾元中寓居同谷七歌，眞所謂主文而譎諫，可以羣，可以怨，邇之事父，遠之事君者也。『氣劘屈賈壘，目短曹劉墻』，誠哉是言！『乾元元年春，萬姓始安宅』，故子美有『長安卿相多少年』之羨。且曰『我生胡爲在窮谷？中夜起坐萬感集』，蓋自傷也。讀者遺其言而求其所以言，三復玩味，則子美之情矣。」

評子美江頭五詠云：「物類相同，格韻不等，同是花也，而梅花與桃李異觀；同是鳥也，而鷹隼與燕雀殊科。詠物者要當高得其格致韻味，下得形似，各相稱耳。杜子美多大言，然詠丁香麗春梔子鸂鶒花鴨，字字實錄而已，蓋此意也。」

評子美奉酬嚴公寄題野亭之作云：「嚴云『莫倚善題鸚鵡賦』，杜云『阮籍焉知禮法疎』，二人贈答，不可謂無意也。」

評子美謁文公上方詩云：「此僧不下堦除十年餘，雖長者布金，而禪龕只晏如，子美以爲『大珠脫玷翳，白月當空虛』，必高僧也；『庭前猛虎臥』，或實有之。子美不徒用事耳；汲引吹噓，皆傳法之意。」

評舍弟占歸草堂檢校聊示此詩云：「此非詩也，家書也。弟歸檢校草堂，乃令數鵝鴨，閉柴荊，趁臘月栽竹，可謂隱居之趣矣。」

評江陵望幸詩云：「此非詩，乃望幸表也。通蜀照秦，舍越控吳，則指陳江陵建都大略也。『甲兵分聖旨，居守付宗臣』，則祈請語也。氣象廓然，可與兩都三京齋驅並駕矣。」

評杜工部山寺詩云：「章留後遊山寺，以僧告訴，遂爲顧兵徒，咄嗟檀施開。子美諷之曰：『以玆撫士卒，孰曰非周才。』又曰：『窮子告淨處，高人憂禍胎。』何哉？夫窮子以淨處爲安；高人隱士以避世爲福，以近人爲禍。今山寺以使君之威，咄嗟檀施開，雖棟宇興修，而煩擾之禍，必自此始矣。子美之詩，有味其言也。」

評子美寄司馬山人十二韻云：「子美自云『道術曾留意，先生早擊蒙。』又乞哀於山人云：『相哀骨可換，亦遣馭清風。』然則子美亦嘗於仙術留意耶？子美於仙佛皆嘗留意，但不知其果有得否耳。云『有時騎猛虎，虛室使仙童』，恐未必實錄也。」

評子美嚴鄭公宅同詠竹及堦下新松二詩云：「竹欲令無翦伐，松欲高一百丈，雖云美意，亦有譏也。」

評子美觀李固凊司馬第山水圖詩云：「寒山留遠客，碧海挂新圖。」此兩句不待他求，而得高人之趣。『匡床竹火爐』，無長物也，可謂簡易矣。」

評子美莫相疑行曰：「以子美之才，而至於頭白齒落，無所成，眞可惜也，故嘗有『中宵祗自惜，晚起當誰親』之句。穀梁子曰：『名譽旣聞，而有司不舉，有司之罪也；有司舉之，而王者不用，有國者之罪也。』子美之自惜，蓋歎時之不用，人之不知耳，悲夫！往時文彩動人主，今不幸而流落至於『飢寒趨路傍』，『晚將末契託少年』，豈其得已？『當面輸心背面笑』，乃俗子常態，古今一也。夫子美名垂萬年，豈與世上兒爭好惡者哉？而或者疑之，故有寄謝之句，且題曰『莫相疑行』。」

評子美赤霄行曰：「子美自以爲孔雀，而以不知己者爲牛。自當時觀之，雖曰薄德可也；自後世觀之，與子美同時而不知者，庸非牛乎？子美不能堪，故曰『老翁愼莫怪少年，葛亮貴和書有篇』、『丈夫垂名動萬年，記憶細故非高賢』，蓋自遣也。淵明之窮，過於子美，抵觸者固自不乏然，而未嘗有孔雀逢牛之詩，忘懷得失，以此自終，此淵明所以不可及也歟！」

評武侯廟詩云：「孔明臥於南陽之時，豈期爲人用耶？及玄德之顧，意氣相感，遂許以驅馳。更幼主之託，抗表以辭，仗義北伐，卒死於軍，義風凜然，竦動千載；故子於空山之中，覩其遺廟，而曰『猶聞後主，不復臥南陽』者，追想而歎慕之也，此詩若草草不甚留意；而讀之使人凜然想見孔明風采，比夫李義山『魚鳥猶疑畏簡書，風雲長爲護儲胥』

之句，又加一等矣。

評鬬鷄詩曰：「『簾下宮人出，樓前御柳斜』，此名鬬鷄，乃看棚詩爾。」

評偶題曰：「此少陵論文章也，夫『文章千古事，得失寸心知；作者皆殊列，名聲豈浪垂？』烏可以輕議哉？」

評秋野云：「『易識浮生理，難教一物違；水深魚極樂，林茂鳥知歸。』夫生理有何難識？觀魚則可知矣。魚不厭深，鳥不厭高，人豈厭山林乎？故云：『吾老甘貧病，榮華有是非；秋風吹凡杖，不厭北山薇。』此子美悟理之句也。杜子美作詩悟理，韓退之學文知道，精於此故爾。」

評子美晴云：「『啼鴉爭引子，鳴鶴不歸林；下食遭泥去，高飛恨久陰。』子美之志可見矣！『下食遭泥去』則固窮之節，『高飛恨久陰』則避亂之急也。子美之志，其素所蓄積如此，而目前之景，適與意會，偶然發於詩聲，六義中所謂興也。興則觸景而得，此乃取物。」

評子美舟中出江陵南浦奉寄鄭少尹審詩曰：「少陵遭右武之朝，老不見用，又處處無所過，故有『百年同棄物，萬國盡窮途』之句，余三復而悲之。」

評送盧十四弟侍御護韋尚書靈櫬歸上都曰：「觀歷代史册，人主之美，莫先於納諫。陸宣公云：『以太宗有經緯天地之文，有底定禍亂之武，有躬行仁義之德，有理致太平之功，其爲休烈耿光，可謂盛極矣！然而人到於今稱詠，以爲道冠前古，澤被無窮者，則從諫改過爲其首焉。』是知諫而能從，過而能改，帝王之美，莫大於斯，子美『刺規多諫諍，端拱自光輝』之句，卽此意也。」

評子美可嘆云：「觀子美此篇，古今詩人，焉得不伏下風乎？忠義之氣，愛君憂國之心，造次必如是，顚沛必如是，言之不足，嗟嘆之，嗟嘆之不足，故其詞氣能如此，恨世無孔子，不列於國風雅頌爾。『天上浮雲如白衣，斯須改變如蒼狗；古往今來共一時，人生萬事無不有。』此其懷抱抑揚頓挫，固已傑出古今矣。河東女兒不知以何事而扶眼去其夫，豈秋胡婦不忍視其夫之不義而死者乎？丈夫正色動引徑，偉哉王季友之爲人也，羣書萬卷常暗誦，而孝經一通，獨把翫在手，非深於經術者，焉知此味乎？季友知之，子美亦知之，故能道此句；古今詩人豈知此也。『貧窮老瘦家屐』，而高帝之孫，二千石之貴，乃引爲賓客，雖三年之久，而未曾語，『小心恐懼閉其口』，賓主之間如此，與夫勢利之交，朝暮變炎涼者異矣。故曰『太守得之更不疑，人生反覆看亦醜。』陳蕃設榻於徐孺，北海徙履於康成；顏回陋巷不改其樂，澹臺滅明非公事未嘗至於偃之室，於王季友復見之，子美以爲可以佐王，故曰『用爲羲和天爲成，用平水土地爲厚；死爲星辰終不滅，致君堯舜焉肯朽？』夫佐王治邦國者，非斯人而誰可乎？」

金王若虛從之滹南詩話云：「世所傳千註杜詩，其間有曰新添者四十餘篇，吾舅周君德卿嘗辨之云：『唯瞿塘懷古、呀鶻行、送劉僕射、惜別行，爲杜無疑，自餘皆非本眞，蓋後人依倣而作，欲竊盜以欺世者。』或又妄撰其所從得，誣引名士以爲助，皆不足信也。東坡嘗謂太白集中，往往雜入他人詩，蓋其雄放不擇，故得容僞；於少陵則決不能。豈意小人無忌憚如此，其詩大抵鄙俗狂瞽，殊不可讀，蓋學步邯鄲，失其故態，求居中下且不得，而欲以爲少陵，眞可憫笑！』」

又云：「杜詩稱李白云：『天子呼來不上船。』吳虎臣漫錄以爲范傳正太白墓碑云：『明皇從白蓮池，召公作引，時公已被酒於翰苑中，乃命高將扶以登舟。』杜詩蓋用此事，而夏彥剛謂蜀人以襟領爲船，不知何所據？苕溪叢話亦兩存之。予謂襟領之說，定是謬妄；正使有據，亦豈詞人通用之語？此特以船字生疑，故爾委曲；然范氏所記，白被於翰苑，而少陵之稱乃市上酒家，則又不同矣。大抵一時之事，不盡可考，不知太白凡幾醉？明皇凡幾召？而千載之後，必於傳記求其證耶？且此等不知亦何害也？」

又云：「老杜北征詩云：『見耶背面啼。』吾舅周君謂『耶』當爲『郎』字之誤。其說甚當，前人詩中亦或用耶娘字，而此詩之體，不應爾也。」

又云：「近代詩話云：杜詩云『卑鵰寒始急』，白氏歌云『千呼萬喚始出來』，人皆以爲語病；其實非也。事之終始則音上聲，有所宿留則音去聲，予謂不然，古人淳至，初無俗忌之嫌，蓋亦不必辨也。」

又云：「唐子西語錄云：古之作者，初無意於造語，所謂因事陳詞，老杜北征一篇，直紀行役耳，忽云『或紅如丹砂，或黑如點漆；雨露之所需，甘苦齊結實』，此類是也。文章卽如人作家書，乃是。慵夫曰：『子西談何容易？工部之詩，工巧精深者，何可勝數？而摘其一二，遂以爲訓哉？正如冷齋言樂天詩必使老嫗盡解也。夫三百篇中亦有如家書及老嫗能解者，而可謂其盡然乎？』」

又云：「朱少章論江西詩律，以爲用崑體功夫而造老杜渾全之地。予謂用崑體功，必不能造老杜之渾；而至老杜之地者，亦無事乎崑體功夫，蓋二者不能相兼耳。苑璞評劉夷叔長短句，謂以少陵之肉傅東之骨，亦猶是也。」

元楊載詩法家數云：「贈別之詩，當寫不忍之情，方見襟懷之厚；然亦數等；如：別征戍則寫死別而勉之努力效忠；送人遠遊則寫不忍別而勉之及時早回；送人仕宦則寫喜別而勉之憂國恤民，或訴己窮而望其薦拔，如杜公『唯待吹噓送上天』之說是也。」

又云：「詩要鍊字，字者，眼也，如老杜詩『飛星過水曲，落月動檐虛』，鍊中間一字；『地坼江帆隱，天清木葉聞』，鍊末後一字；『紅入桃花嫩，青歸柳葉新』，鍊第二字，非鍊『歸』『入』字，則是兒童詩。又曰『暝色赴春愁』，又曰『無因覺往來』，非『鍊』『赴』

覺字，則是俗詩。」

元韋安居梅磵詩話云：「成都號錦官城，眉山史學齋繩祖內子著錦官百詠，鋟梓於柯山倅廨。余觀老杜春夜喜雨詩云：『曉看紅溼處，花重錦官城。』錦官正指成都。贋本以官爲宮，誤矣。」

又云：「岳州洞庭湖，廣袤八百里，杜老登岳陽樓詩云：『昔聞洞庭水，今上岳陽樓。』王內翰洙注云：『風土記曰：陽羨縣東太湖中有包山，山下有穴，潛行地中，無所不通，謂之洞庭地脈。』按陽羨乃常州舊縣名，東有太湖，乃蘇湖常三州大湖，湖中有洞庭山，遽指此爲岳之洞庭湖，可乎？」

元吳師道吳禮部詩話云：「杜老兵車行『長者雖有問，役夫敢伸恨？』尋常讀之，不過以爲漫語而已。更事之餘，始知此語之信。蓋賦歛之苛，貪暴之苦，非無訪察之詞，陳訴之令，而言之未必見理，或反得害，不然，雖幸復伸，而異時疾怒報復之禍尤酷，此民之所以不敢言也。『雖』字『敢』字，曲盡事情。」

又云：「老杜『佳人雪藕絲』，『雪』字蓋本家語以黍雪桃，注者皆不知此。又凡作詩難用經句，老杜則不然：『丹青不知老將至，富貴於我如浮雲』，若自己出。」

明楊愼升菴詩話云：「杜詩『一箭正墜雙飛翼』，黃山谷註作『一笑』，蓋用賈大夫妻射雉事也。」

又云：「子美贈花卿詩：『錦城絲管日紛紛，半入江風半入雲；此曲只應天上有，人間能得幾回聞！』花卿名敬定，丹陵人，蜀之勇將也，恃功驕恣；杜公此詩，譏其僭用天子禮樂也，而含蓄不露，有『風人言之無罪，聞之者足以戒』之旨。公之絕句百首，此爲之冠。」

又云：「杜子美臘日詩：『口脂面藥隨恩澤，翠管銀罌下九霄。』唐制，臘日宣賜脂藥。李嶠有賜口脂表云：『青牛帳裏，未輟爐香；朱鳥牕前，新調鉛粉；揉之以辛夷甲煎，然之以桂火蘭蘇。』劉禹錫有代謝賜表云：『宣奉聖旨，賜臣臘日口脂面脂，紫雪紅雪；雕奩既開，珍藥斯見；膏凝雪瑩，合液騰芳。』可補杜詩註之遺。」

又云：「杜詩『白首重聞止觀經』，佛經云：『止能捨樂，觀能離苦。』又云：『止能修心，能斷貪愛；觀能修慧，能斷無明。』止如定而後能靜，觀則慮而後能得也。」

又云：「韓石溪廷延語余曰：『杜子美登白帝最高樓詩，云「峽坼雲霾龍虎臥，江淸日抱黿鼉游」，此乃登高臨深，形容疑似之狀耳。雲霾坼峽，山木蟠拏，有似龍虎之臥；日抱淸江，灘石波盪，有若黿鼉之游。』余因悟舊註之非，其云『雲氣陰霾，龍虎所伏；日光圓抱，黿鼉出曝』，眞以爲四物矣；卽以杜證杜，如『江光隱映黿鼉窟，石勢參差烏鵲橋』，同一句法，同一解也。蘇子赤壁賦云：『踞虎豹，登虬龍，攀栖鶻之危巢，俯馮夷之幽宮』，亦是此意，豈眞有鳥鵲黿鼉虬龍虎豹哉？」

又云：「杜工部龍門奉先寺詩『天闚象緯逼』，或作『天闕』，殊爲牽強。章表臣詩話，據舊本作『天闚』，引史記以管闚天之語，其見卓矣！余又按文選潘岳秋興賦「闚天文之秘奧」，註引陸賈新語，『楚王作乾谿之臺闚天文』。杜子美精熟文選者也，其用『天闚』字，正本此，況天文卽象緯也；不但用其字，亦用其義矣。子美復生，必以余爲知言。」

又云：「古字窺作闚，論語『闚見室家之好』，易『闚觀利女貞』，史記『以管闚天』，莊子『上闚青天』，陸賈新語『楚王作乾谿之臺闚天文』，潘岳秋興賦『闚天文之秘奧』，杜詩『天闚象緯逼』正用上數語；不知古字者，改爲『天闕』。王安石云『天閱』，黃山谷極賞其是，東坡云『只是怕他。』」

又云：「杜詩『五雲高太甲，六月曠摶扶』，註不解五雲之義。嘗觀王勃益州夫子廟碑云：『帝車南指，遁七曜於于中階；華蓋西臨，藏五雲於太甲。』酉陽雜俎謂燕公讀碑，自帝車至太甲四句，悉不解，訪之一公，一公言北斗建正，七曜在南方，有是之祥，無位聖人當出；華蓋以下，卒不可悉。愚謂老杜讀書破萬卷，自有所據，或入蜀見此碑而用此語也。晉天文志，華蓋在旁六星曰六甲，分陰陽而配節候；太甲恐是六甲一星之名，然未有考證。以一行之邃於星歷，張燕公段柯古之殫見洽聞，而猶未知焉，姑闕疑以俟博識。」

又云：「李文正嘗與門人論詩曰：『杜子美詩「北走關山開雨雪」與「胡騎中宵堪北走」，兩「北走」字同乎？』愼對曰：『按字書疾趨曰走，上聲；驅之走曰奏，去聲。北走關山，疾走之走也，如漢書「北走邯鄲道」之走；胡騎北走，驅之而走也，如漢書「季布北走胡」之走是，疑不同。』先生曰：『爾言甚辨，然吾初無此意。』盧師邵侍御在側曰：『恐杜公亦未必有此意，蓋如此解詩，似涉於太鑿耳。』」

又云：「三國典略曰：侯景篡位，令飭朱雀門，其日有白頭烏萬計集於門樓，童謠曰：『白頭烏，拂朱雀，還與吳。』杜工部詩『長安城頭頭白烏，夜上延秋門上呼』，蓋用其事，以侯景比祿山也；而千家註不知引此。」

又云：「蜀西南多雨，名曰漏天，杜子美詩『鼓角漏天東』，又『徑欲誅雲師，疇能補天漏』是也。」

又云：「杜子美西部詩云：『無人競來往』，或云『無人與來往』，或云『無人覺來往』，『競』、『與』皆常談，『覺』字非子美不能道也。蓋煬者辟竈，有道者之所驚；舍者爭席，隱居者之所貴也。」

又云：「周禮汧浦作弦浦，左傳萑浦作萑蒲，杜詩『側生野岸及江蒲』。江蒲，江浦也。」

又云：「晁以道家有宋子京手書杜少陵詩一卷，『握節漢臣歸』，乃是『禿節』；『新炊間黃粱』，乃是『聞黃粱』。以道跋云：『前輩見書自多，不以晚生但以印本爲正也。』愼按後漢書張衡傳云：『蘇武以禿節效貞。』杜公正用此語，後人不知，改『禿』爲『握』。晁以道徒知宋子京之舊本，亦不知『禿節』之所出也，況今之淺學者乎？」

又云：「杜少陵詩曰：『不及前人更勿疑，遞相祖述竟先誰？別裁僞體親風雅，轉益多師是汝師。』此少陵示後人以學詩之法。前二句戒後人之愈趨愈下，後二句勉後人之學乎其上也。蓋謂後人不及前人者，以遞相祖述，日趨日下也；必也區別裁正浮僞之體，而上親風雅，則諸公之上，轉益多師，而汝師端在是矣。此說精妙，杜公復生，必蒙印可；然非余之說也。須溪語羅履泰之說，而余衍之耳。」

又云：「杜子美愁坐詩曰：『高齋常見野，愁坐更臨門；十月寒山重，孤城水氣昏；葭萌氐種迥，左擔犬羊存；終日憂崩走，歸期未敢論。』葭萌、左擔，皆地名也。葭萌，人知之；左擔，人罕知也。注者不知，或改作『武擔』，又改作『立擔』，皆可笑。按太平御覽引李克蜀記云：『蜀山自綿谷葭萌道徑險窄，北來擔負者，不容易肩，謂之左擔道。』又李公胤益州記云：『陰平縣有左肩道，其路至險，自北來者，擔在左肩，不得度右肩。』」

又云：「杜詩古本『野艇恰受兩三人』，淺者不知『艇』字有平音，乃妄改作『航』字以便於讀，謬矣！古樂府云：『沿江有百丈，一濡多一艇；上水郎擔篙，何時至江陵？』艇音廷，杜氏蓋用此音也。故曰：胸中無國子監，不可讀杜詩；彼胸中無杜學，乃欲訂改杜詩乎？」

又云：「燕子詩『穿花落水益沾巾』，范德機善本作『帖水』。『一笑正墜雙飛翼』，黃山谷云『一笑』俗作『一箭』，非。『紛紛戲蝶過閒慢』，張文潛本作『開慢』。」

又云：「杜詩『江蓮搖白羽，天棘蔓青絲』，鄭樵云：天棘，柳也。此無所據，杜撰欺人耳。且柳可言絲，祇在初春，若茶瓜留客之日，江蓮白羽之辰，必是深夏，柳已老葉濃陰，不可言絲矣。若夫蔓云者，可言兎絲王瓜，不可言柳，此俗所易知，天棘非柳明矣。按本草索隱云：『天門冬在東嶽名淫羊藿，在南嶽名百部，在西嶽名管松，在北嶽名顚棘』，『顚』與『天』聲相近而互名也。此解近之。」

又云：「杜子美荔枝詩：『側生野岸及江蒲，不熟丹宮滿玉壺；雲壑布衣鮐背死，勞生害馬翠眉須。』杜公此詩，蓋紀明皇爲貴妃取荔枝事也。其用『側生』字，蓋爲庾文隱語，以避時忌，春秋定哀多微辭之意，非如西崑用僻事也。末二句蓋昌黎感二鳥之意，言布衣抱道，有老死雲壑而不徵者，乃勞生害馬以給翠眉之須，何爲者耶？其旨可謂隱而彰矣。山谷謂『雲壑布衣』指後漢臨武長唐羌諫止荔枝貢者；此俗所謂厚皮饅頭、夾紙燈籠矣！山谷尙如此，又何以責黃鶴蔡夢弼輩乎？」

又云：「合璧事類載杜工部詩云：『三月雪連夜，未應傷物華；只緣春欲盡，留着伴梅花。』此詩舊集不載。又『寒食少天氣，春風多柳花。』又『小桃知客意，春盡始開花。』

則今之全集遺逸多矣。」

又云：「韋述開元譜云：『倡優之人，取媚酒食，居於社南者，呼之謂社南氏；居於北者，呼之謂社北氏。』杜子美詩『社南社北皆春水』，正用此事；後人不知，乃改『社』作『舍』。」

又云：「杜詩『豈無靑精飯，使我顏色好？』靑精飯一名南天燭，又曰墨飯草，以其可染黑飯也。道家謂之靑精飯，故仙經云：『服草木之正，氣與神通；食靑燭之精，命不復隕。』謂此也。」

又云：客有見予拈『波漂菰米』之句而問曰：『杜詩此首中四句，亦有所本乎？』予曰：『有本，但變化之極其妙耳。隋任希古昆明池應制詩曰：『回眺牽牛渚，激賞鏤金川。』便見太平宴樂氣象；今一變云：『織女機絲虛夜月，石鯨鱗甲動秋風。』讀之則荒煙野草之悲，見於言外矣。西京雜記云：『太液池中有雕菰，紫籜綠節，鳧雛鴈子，唼喋其間。』三輔舊圖云：『宮人泛舟採蓮，爲巴人擢歌。』便見人物遊嬉，宮沼富貴；今一變云：『波漂菰米沉雲黑，露冷蓮房墜粉紅。』讀之則菰米不改而任其沉，蓮房不採而任其墜，兵戈亂離之狀俱見矣。杜詩之妙，在翻古語，千家註無有引此者，雖萬家註何用哉？因悟杜詩之妙；如此四句，直上與三百篇牂羊墳首三星在罶同；比之晚唐『亂殺平人不怕天』『抽旗亂插死人堆』，豈但天壤之隔。」

又云：「杜子美詩『近來海內爲長句，汝與東山李白好』，流俗本妄改作『山東李白』。按樂府史序李白集云：『白客遊天下，以勢妓自隨，效謝安石風流，自號東山，時人遂以東白稱之。』子美詩句，正因其自號而稱之耳，流俗不知而妄改。近世作大明一統志，遂以李白入山東人物類，而引杜詩爲證，近於郢書燕說矣。噫！寡陋一至此哉！」

又云：「杜工部和裴迪登州東亭送客逢早梅相憶見寄詩云：『東閣官梅動詩興，還如何遜在揚州。』按遜傳無揚州事，而遜集亦無揚州梅花詩；但有早梅詩云：『菟園標節序，驚時最是梅；銜霜當路發，映雪凝寒開；枝橫却月觀，花繞凌風臺；應知早飃落，故逐上春來。』杜公以裴迪逢早梅而作詩，故用何遜比之。又以却月凌風，皆揚州臺觀名耳。所謂東閣官梅者，乃新津之地也，非揚州有東閣也。

「宋世有妄人假東坡名作杜詩註一卷刻之，一時爭尙杜詩；而坡公名重天下，人爭傳之而不知其僞也，其註此詩云：『遜作揚州法曹，廨舍有梅一株，遜吟咏其下；後居洛思之，因請再任，及抵揚州，梅花盛開，相對彷彿終日。』按何遜未嘗爲揚州法曹，是時南北分裂，遜爲梁臣，何得復居洛陽？洛陽乃魏地也，既居魏，何得又請再任？請於梁乎？請於魏乎？其說之脫空無稽如此，略曉史册者，知其僞矣。近日邵文莊寶乃手抄其註，入杜詩七言律刻行，豈不誤後學耶？僞蘇註之謬，宋世洪容齋嚴滄浪劉須溪父子，馬端臨經籍考，皆力辨其謬；而文章鉅公如邵文莊者乃獨信之，亦尺有所短也。」

又云：「杜詩『大家東征逐子回』，劉須溪云『逐』字不佳。予思之，杜詩無一字無來處，所以佳；此『逐』字無來處，所以不佳也。今稱人之母隨子就養曰『逐子』可乎？然亦未有他好字易之。近有語予以『將』字易之，詩云『不遑將母』，蓋反言見義，若春秋『杞伯姬以其子來朝，而書杞伯姬來朝其子』之例也。爲文富於萬篇，貧於一字，其難如此。古樂府有『一母將九雛』之句，則『將』字甚愜，當試與知音訂之。」

又云：「後漢鄭玄傳，袁紹總冀州，遣使要玄，大會賓客，玄最後至，乃迎升上坐，飲酒一斛。紹客多豪傑，並有才說，玄依方辨對，咸出問表，莫不嗟服。杜詩『江上徒逢袁紹杯』，公以玄自比，爲儒而逢世亂也。須溪批云：『如此引袁紹事，不曉。』噫！須溪眯目之言不曉，眞不曉也；王洙注引河朔飲事，尤無干涉。不讀萬卷書，不能解讀杜詩，信哉！」

又云：「杜詩『七月六日苦炎蒸』，俗本『蒸』作『熱』；『紛紛戲蝶過閒幔』，俗本『閒』作『開』，不知子美父名閑，詩中無閑字；『邀歡上夜關』，今俗本作『卜夜間』；『曾閃朱旗北斗殷』，妄改『殷』作『閒』，成何文理，前人已辨之矣。」

又云：「杜云『湖月林風相與淸，殘樽下馬復同傾；久拚野鶴如雙鬢，遮莫鄰鷄下五更。』湖上林中，地已淸矣；湖有月，林有風，景益淸矣，故着『相與淸』字。俗本作『湖上』或作『湖水』，皆淺。旣有湖，不須着『水』字；若云湖上林風，不得着『相與淸』字。

此工緻細潤，味之自知。『遮莫』，猶言『儘教』也，當時諺語。」

又云：「杜詩『波漂菰米沉雲黑』，言人不收取而鴈亦不啄，但爲波漂雲沉而已，見長安兵火之慘極矣！」

又云：「庾信之詩，爲梁之冠絕，啓唐之先鞭，史評其詩曰綺艷，杜子美稱之曰清新，又曰老成。綺艷清新，人皆知之；而其老成，獨子美能發其妙。余嘗合而衍之曰：綺多傷質，艷多無骨，淸易近薄，新易近尖，子山之詩，綺而有質，艷而有骨，淸而不薄，新而不尖，所以爲老成也。若元人之詩，非不綺艷，非不淸新，而乏老成；宋人詩則强作老成態度，而綺艷淸新，槩未之有；若子山者可謂兼之矣。不然，則子美何以服之如此？」

又云：「許彥周詩話云：客言李杜詩中說馬如相經，有能過之者乎？僕曰：『毛詩過之。』曰：『只經固不可擬，然亦未嘗仔細說馬相態行步也。』僕曰：『願熟讀之，「兩驂如舞」，此驗語所謂「花蹈羊行」是也；「兩驂如手」，此驗語所謂「熟使喚」是也；思之便覺「走過掣電傾城知」與「神行電邁涉恍惚」爲難騎耳。』」

又云：「杜少陵冬日懷李白詩『裋褐風霜入』，惟宋元本仍作裋，今本皆作短褐。裋音豎，二字見列子。」

又云「『落月滿屋梁，猶疑照顏色』，言夢中見之而覺其猶在，即所謂『夢中魂魄猶言是，覺後精神尙未回』也。詩本淺，宋人看得太深，反晦矣。傳神之說非是。」

又云：「宋人以杜子美能以韻語紀時，謂之詩史。鄙哉宋人之見，不足以論詩也。夫六經各有體：易以道陰陽，書以道政事，詩以道性情，春秋以道名分。後世所謂史者，左記言，右記事，古之尙書春秋也。若詩者，其體其旨，與易書春秋判然矣。三百篇皆約情合性而歸之道德也，然未嘗有道德字也，未嘗有道德性情句也。二南者，修身齊家，其旨也；然其言琴瑟鐘鼓，荇菜芣苢，夭桃濃李，雀角鼠牙，何嘗有修身齊家字耶？皆意在言外，使人自悟。至於變風變雅，尤其含蓄，言之者無罪，聞之者足以戒。如刺淫亂，則曰『雝雝鳴鴈，旭日始旦』，不必曰『愼莫近前丞相嗔』也。憫流民，則曰『鴻鴈於飛，哀鳴嗷嗷』，不必曰『千家今有百家存』也。傷暴歛，則曰『維南有箕，載翕其舌』，不必曰『哀哀寡婦誅求盡』也。叙飢荒，則曰『牂羊羵首，三星在罶』，不必曰『但有齒牙存，可堪骨肉乾』也。杜詩之含蓄蘊藉者，蓋亦多矣，宋人不能學之；至於直陳時事，類於訕訐，乃其下乘末脚，而宋人拾以爲己寶，又選出詩史二字以誤後人。如詩可兼史，則尙書春秋可以併省；又如今俗卦氣歌，納甲歌，兼陰陽而道之，謂之詩易可乎？」

又云：「杜子美滕王亭子詩：『民到於今歌出牧，來遊此地不知還。』後人因子美之詩，注者遂謂滕王賢而有遺愛於民；今郡志亦以滕王爲名宦。予考新舊唐書，並云元嬰爲荆州刺史，驕佚失度，太宗崩，集宦屬燕飲歌舞，狎昵廝養；巡省部內，從民借狗求宜，所過爲害；以丸彈人，觀其走避則樂；及遷洪州都督，以貪聞，高宗給麻二車，助爲錢緡；小說又載其召屬官妻于宮中而淫之。其惡如此，而少陵老子乃稱之，所謂詩史者，蓋亦不足信乎！未有暴於荆州洪州而仁於閬州者也。」

又云：「杜詩『數回細寫愁仍破』，寫洗野切。禮記『器之溉者不寫，其餘皆寫』，注謂『傳之器中』。史記：『始皇三十五年寫蜀荆地材，皆至關中。三十六年，每破諸侯，寫放其宮室，作之咸陽。』左傳注『寫器令空』；東觀漢記『封車載貨，寫之權門』；晉郤夫人語二弟云『傾筐倒寫』。又四夜切，石鼓文『宮車其寫』，義與卸通。舍車解馬曰寫，舟車出載亦曰寫。」

又云：「杜子美何將軍山莊詩『薰風啜茗時』，今本作『春風』，非。此詩十首，皆一時作，其曰『千章夏木淸』，又曰『紅綻雨肥梅』，皆夏景可證。」

又云：「松江陸三汀深語予，杜詩麗人行，古本『珠壓腰衱穩稱身』下，有『足下何所着？紅蕖羅襪穿鐙銀』二句，今本亡之。淮南蔡衡仲昂聞之擊節曰：『非爲樂府鼓吹，兼是周昉美人畫譜也。』」

又云：「近有士人熟讀杜詩，余聞之曰：『此人詩必不佳，所記是棊勢殘着，元無金鵬變起手局也。』因記宋章子厚日臨蘭亭一本，東坡曰：『章七終不高，從門入者非寶也。』此可與知者道。」

又云：「杜子美云『讀書破萬卷，下筆如有神』。此子美自言其所得也。讀書雖不爲作詩設，然胸中有萬卷書，則筆下無一點塵矣。近日士夫爭學杜詩，不知讀書果曾破萬卷乎？如其未也，不過拾離騷香草，丐杜陵之殘膏而已。又嘗記宋宣政間，文人稱翟汝文葉夢得汪藻孫覿四人，孫嘗自評曰：『吾之視浮溪，浮溪之視石林，各少十年書；石林視翟忠惠亦然。』識者以爲確論。今之學文者，果有十年書乎？不過抄玉篇之難字，效紅勒之軋辭而已；乃反峻其門墻，高自標榜，必欲晚古人而薄前輩，何異蚍蜉撼大樹乎？」

明王世貞藝苑巵言云：「老杜集中，吾甚鳳急天高一章，結亦微弱，玉露凋傷，老去悲秋，首尾勻稱，而斤兩不足；昆明池水，穠麗沈切，惜多平調，金石之聲微乖耳；然竟當於四章求之。」

又云：「七言排律，創自老杜，然亦不得佳，蓋七字爲句，束以聲偶，氣力已盡矣。又欲衍之使長，調高則難續而傷篇，調卑則易沉而傷句；合璧猶可，貫珠益艱。」

又云：「雖老杜以歌行入律，亦是變風，不宜多作，作則傷境。」

又云：「楊用脩駁宋人詩史之說，而譏少陵云：『詩刺淫亂，則曰『雝雝鳴鴈，旭日始旦。』不必曰『愼莫近前丞相嗔』也。憫流民則曰『鴻鴈於飛，哀鳴嗷嗷』，不必曰『千家今有百家存』也。傷暴歛則曰『維南有箕載翕其舌』，不必曰：『哀哀寡婦，誅求盡』也。叙飢荒則曰『牂羊羵首，三星在罶』，不必曰『但有牙齒存，所堪骨髓乾』也。』其言甚辨而覈，然不知嚮所稱皆興比耳。詩固有賦以述情切事爲快，不盡含蓄也；語荒而曰『周餘黎民，靡有孑遺』，勸樂而曰『宛其死矣，它人入室』，譏失儀而曰『人而無禮，胡不遄死』，怨讒而曰『豺虎不受，投畀有昊』；若使出少陵口，不知用脩何如貶剝也。且『愼莫近前丞相嗔』，樂府雅語，用脩烏足知之？」

又云：「杜詩善本勝者，如『把君詩過目』作『把君詩過日』，『愁對寒雲雪滿山』作『愁對寒雲白滿山』，『關山同一照』作『關山同一點』，『娟娟戲蝶過閑幔』作『娟娟戲蝶過開幔』，『曾閃朱旗北斗閑』作『曾閃朱旗北斗殷』，『祇緣貧病人須棄』作『不知貧病關何事』，『握節漢臣回』作『禿節漢臣回』，『新炊間黃粱』作『新炊聞黃粱』；又麗人行『珠壓腰衱穩稱身』下有『足下何所着？紅渠羅襪穿鐙銀』，皆泓渟有妙趣。」

又云：「『天闕象緯逼』，當如舊字，作天闚閱，咸失之穿鑿。」

又云：「少陵句云：『淮王門有客，終不愧孫登。』頗無關涉，爲韻所強耳。後世不解事人，翻以爲法。」

又云：「王允寧生平所推伏者，獨杜少陵。其所好談說以爲獨解者，七言律耳。大要貴有照應，有開闔，有關鍵，有頓挫；其意主興主比；其法有正插，有倒插；要之，杜詩亦一二有之耳，不必盡然。予謂允寧釋杜詩法，如朱子註中庸一經，支離聖賢之言，束縛小乘律，都無禪解。」

明謝榛四溟詩話云：「用事多則流於議論，子美雖爲史詩，氣格自高。」
又云：「七言絕律，起句借韻，謂之孤雁出羣，宋人多有之。寧用仄字，勿借平字，若子美『先帝貴妃俱寂寞』、『諸葛大名垂宇宙』是也。」
又云：「景多則堆垜，情多則闇弱，大家無此失矣。八句皆景者，子美『棘樹寒雲色』是也；八句皆情者，子美『死去憑誰報』是也。」
又云：「杜少陵『避人焚諫草』之句，善用羊祜事，此卽晏子諫乎君不華乎外之意。」
又云：「子美『星垂平野濶，月湧大江流』，句法森嚴，湧字尤奇。可嚴則嚴，不可嚴則放過些字，若『鴻雁幾時到？江湖秋水多』，意在一貫，又覺閒雅不凡矣。」
又云：「陳后山曰：『學者不由蘇黃而爲老杜，則失之淺易。』此與彥周同病。」
又云：「或曰：『詩，適情之具，染翰成章，自然高妙，何必苦思以鑿其眞？』予曰：『新詩改罷自長吟』，此少陵苦思處；使不深入溟海，焉得驪頷之珠哉？」
又云：「子美曰：『庾信平生最蕭瑟，暮年詞賦動江關。』託以自寓，非稱信也。」
又云：「詩無神氣，猶繪日月而無光彩，學杜者，勿執於句字之間，當率意熟讀，久而得之，此提魂攝魄之法也。」
又云：「今之學子美者，處富有而言窮愁，遇承平而言干戈，不老曰老，無病曰病，此摹擬太甚，殊非性情之眞也。」

又云：「歡紅爲韻不雅，子美『老農何有罄交歡』、『娟娟花蕊紅』之類。愁青爲韻便佳，若子美『更有澄清銷客愁』、『石壁斷空青』之類。凡用韻審其可否，句法瀏亮，可以詠歌矣。」

又云：「子美曰：『細雨荷鋤立，江猿吟翠屏。』此語宛然入畫，情景適會，與造物同其妙，非沉思苦索而得之也。」

又云：「排律結句，不宜對偶，若杜子美『江湖多白鳥，天地有青蠅。』似無錦宿。」

又云：「子美遣意二首皆偏入格，『四更山吐月，殘夜水明樓。』突然而起，似對非對，而不失格律。時孤城四鼓，睡起憑高，則山前吐月矣。其清景快人心目，作者可以寫其眞，良工莫能狀其妙，不待講而自透徹，此豈偶然得之邪？此豈冥然思之耶？至於『囀枝黃鳥近，泛渚白鷗輕』，此亦對起，頗似簡板，況用二虛字，意多氣靡，緩於發端。夫鳴於枝上者，黃鳥則近而可親；泛於渚次者，白鷗則輕而可愛；着於前聯則可。子美起對固多，切者宜在中而不宜在首，此近體定法也。又寄劉峽州四十韻，末二句云：『江湖多白鳥，天地有青蠅。』長律自無徹尾屬對，若燕韻不窮，想更有布置。」

又云：「世說新語：徐孺子九歲時，嘗月下戲，或云『若令月中無物，當極明也。』子美詩『斫却月中桂，清光更應多』，意祖於此；造句奇拔，觀者不覺用事，所謂『讀書破萬卷，下筆如有神』，老杜不欺人也。」

又云：「少陵狀景極妙，亘細入元，無可指摘者；寫情失之疏漏，若『讀書難字過，對酒滿壺頻。』上句眞率自然，下句爲韻所拘耳。」

又云：「子美詩『仰蜂粘落絮，行蟻上枯梨』、『芹泥隨燕觜，花蕊上蜂鬚』、『翡翠鳴衣桁，蜻蜓立釣絲』、『魚吹細浪搖歌扇，燕蹴飛花落舞筵』，諸聯綺麗，頗宗陳隋；然句工氣渾，不失爲大家，譬如上官公服而有黼黻絺繡，其文彩照人，乃朝端之偉觀也。晚唐此類尤多，又如五色羅縠，織花盈匹，裁爲少姬之襦，宜矣。宋人亦有巧句，宛如村婦盛塗脂粉，學徐步以自媚，不免爲傍觀者一笑耳。」

明俞　弁逸老堂詩話云：「芧栗，木果也，莊子所謂賦芧者。今訛作茅栗，沈存中嘗辨其非矣。杜詩云『園收芧栗未會貧。』正指此物；今以芧栗解作蹲鴟之芋，一何遠哉！」

又云：「杜詩『苔臥綠沉槍』，綠沉，以漆着色如瓜皮，謂之綠沉。南史：『任昉卒於官，武帝聞之，方食西苑綠沉瓜，投之於盤，悲不自勝。』綠沉瓜，卽今西瓜也。」

又云：「老杜『讀書破萬卷，下筆如有神。』葛常之韻語陽秋云：『欲下筆自讀書始，不讀書則其源不長，其流不遠，欲求波瀾汪洋浩渺之勢，不可得矣。』蕭千岩云：『詩，不讀書不可爲；然以書爲詩則不可。』嚴滄浪謂『詩有別材，非關書也。』恐非確論。」

又云：「老杜孟冬詩云：『破瓜霜落刄。』歲時雜詠乃云：『破甘霜落瓜。』朱新仲雜記云：『孟冬無瓜，當以雜詠爲是。』余謂西瓜冬天固少，則今冬瓜與瓠子皆有粉，故謂之霜落刃；若改作『破甘霜落瓜。』則謬矣！」

明都　穆南豪詩話云：「江湖間呼舟子爲家長，或疑其卑賤，不宜稱之若是。近閱老杜詩云：『長年三老歌聲裏。』古今詩話謂蜀中以篙手爲三長老，老杜之語，蓋本於此。又戴氏鼠璞謂海濱之人呼篙師爲長年，則家長之稱，有自來矣。」

又云：「老杜詩云：『讀書破萬卷，下筆如有神。』蕭千巖云：『詩，不讀書不可爲；然以書爲詩則不可。』范景文云：『讀書破萬卷，則抑揚高下，何施不可，非謂以萬卷之書爲詩也。』景文之語，獲千巖之意也。嘗記昔人云：『萬卷書，人誰不讀，下筆未必能有神。』嚴滄浪云：『詩有別材，非關書也。』斯言爲得之矣。」

明王世懋秇圃擷餘云：「唐律由初而盛，由盛而中，由中而晚，時代聲調，故自必不可同；然亦有初而逗盛，盛而逗中，中而逗晚者，何則？逗者，變之轉也；非逗故無由變，如四詩之有變風變雅，便是離騷遠祖；子美七言律之有拗體，其獲變風變雅乎？」

又云：「少陵故多變態，其詩有深句，有雄句，有老句，有秀句，有麗句，有險句，有拙句，有累句，後世別爲大家，特高于盛唐者，以其有深句雄句老句也；而終不失爲盛唐者，以其有秀句麗句也；輕淺子弟往往有薄之者，則以其有險句累句拙句也；不知其愈險愈老，正是此老獨得處，故不足難之；獨拙累之句，我不能爲掩瑕。雖然，更千百世無能勝之者何？要曰無露句耳。其意何嘗不自高自任，然其詩曰：『文章千古事，得失寸心知。』曰：『新詩句句好，應任老夫傳。』溫然其辭，而隱然言外，何嘗有所謂吾道主盟代興哉？自少陵逗漏此趣，而大智大力者發揮畢盡；至使吠聲之徒，羣肆樗剝。遐哉唐音永不可復，噫嘻！愼之！」

明顧元慶夷白齋詩話云：「長江萬里，人言出於岷山，而不知元從雪山萬壑中來。山亙三千餘里，特起三峯，其上高寒，多積雪，朝日曜之，遠望日光若銀海。杜子美草堂正當其勝處，其詩曰『窻含西嶺千秋雪』是也。余謂公稟天地之正氣，融而爲江河，結而爲山嶽，言而爲有聲之絕景矣！丹青之士，安能措筆哉？」

明陸時雍詩鏡總論云：「杜少陵懷李白五古，其曲中之悽調乎！苦意摹情，過於悲而失雅；石壕吏垂老別諸篇，窮工造景，逼於險而不括；二者皆非中和之則。論詩者，當論其品。」

又云：「子美之病，在於好奇。作意好奇，則於天然之致遠矣。五七言古，窮工極巧，謂無遺恨；細觀之，覺幾回不得自在。」

又云：「少陵五言律，其法最多，顚倒縱横，出人意表。余謂萬法總歸一法，一法不如無法；水流自行，雲生自起，更有何法可設？」

又云：「少陵『綠樽須盡日，白髮好禁春』，一語意經幾折。本是惜春，却緣白髮拘束懷抱，不能舒散；乃知少年之意氣猶存，而老去之愁懷莫展，所以對酒而自傷也。少陵作用，太略如此。」

又云：「宋人尊杜子美爲詩中之聖，字型句矱，莫敢輕擬，如『自鋤稀菜甲，少摘爲情親』，特小小結作語。『不知西閣意，更肯定留人』，意更淺淺，而一時何贊之甚？竊謂後之視今，亦猶今之視昔，卽余之所論，亦未敢以爲然也。」

又云：「少陵七言律，蘊藉最深，有餘地，有餘情；情中有景，景外含情，一詠三諷，味之不盡。」

又云：「深情淺趣，深則情，淺則趣矣。杜子美云：『桃花一簇開無主，不愛深紅愛淺紅。』余以爲深淺俱佳，惟是天然者可愛。」

明李東陽麓堂詩話云：「長篇中須有節奏，有操，有縱，有正，有變；若平鋪穩布，雖多無益。唐詩類有委曲可喜之處，惟杜子美頓挫起伏，變化不測，可駭可愕，蓋其音響與格律正相稱；回視諸作，皆在下風。然學者不先得唐調，未可遽爲學杜也。」

又云：「李杜詩，唐以來無和者，知其不可和也；近世乃有和杜，不一而足。張式之所和唐音，猶有得意；至杜則無一句相似，豈效衆人者易，而效一人者反難耶？是可知已。」

又云：「『無邊葉落蕭蕭下，不盡長江滾滾來；萬里悲秋常作客，百年多病獨登臺。』景是何等景！事是何等事！宋人乃以九日藍田崔氏莊爲律絕唱，何耶？」

又云：「詩用倒字倒句法，乃覺勁健，如杜詩『風簾自上鈎』、『風窗展書卷』、『風鴛藏近渚』，風字皆倒用；至『風江颯颯亂帆秋』，尤爲警策。予嘗效之曰：『風江捲地山蹴空，誰復壯遊如兩翁？』論者曰：『非但得倒字，且得倒句。』予不敢應也。」

又云：「清絕如『胡騎中宵堪北走，武陵一曲想南征。』富貴如『旌旗日暖龍蛇動，宮殿風微燕雀高。』高古如『伯仲之間見伊呂，指揮若定失蕭曹。』華麗如『落花遊絲白日靜，鳴鳩乳燕青春深。』斬絕如『返照入江翻石壁，歸雲擁樹失山村。』奇怪如『石出倒聽楓葉下，櫓搖背指菊花開。』瀏亮如『楚天不斷四時雨，巫峽長吹萬里風。』委曲如『更爲後會知何地？忽漫相逢是別筵。』俊逸如『短短桃花臨水岸，輕輕柳絮點人衣。』溫潤如『春水船如天上坐，老年花似霧中看。』感慨如『王侯宅第皆新主，文武衣冠異昔時。』激烈如『五更鼓角悲聲壯，三峽星河影動搖。』蕭散如『信宿漁人還汎汎，清秋燕子故飛飛。』沉著如『艱難苦恨繁霜　，潦倒貢停濁酒杯。』精錬如『客子入門月皎皎，誰家搗練風凄凄。』慘戚如『三年笛裏關山月，萬國兵前草木風。』忠厚如『周宣漢武今王是，孝子忠臣後代看。』神妙如『織女機絲虛夜月，石鯨鱗甲動秋風。』雄壯如『扶持自是神明力，正直元因造化功。』老辣如『安得仙人九節杖，拄到玉女洗頭盆。』執此以論，杜眞可謂詩家之大成者矣。」（一擎按此條前段疑有脫文）

中華語文叢書
# 杜工部詩話集錦

作　　者／魯質軒　輯
主　　編／劉郁君
美術編輯／鍾　玟

出 版 者／中華書局
發 行 人／張敏君
副總經理／陳又齊
行銷經理／王新君
地　　址／11494 台北市內湖區舊宗路二段181巷8號5樓
客服專線／02-8797-8396　　　傳　　真／02-8797-8909
網　　址／www.chunghwabook.com.tw
匯款帳號／華南商業銀行　西湖分行
179-10-002693-1　中華書局股份有限公司

法律顧問／安侯法律事務所
製版印刷／維中科技有限公司　海瑞印刷品有限公司
出版日期／2018年7月台三版
版本備註／據1979年2月台二版復刻重製
定　　價／NTD 250

國家圖書館出版品預行編目（CIP）資料

杜工部詩話集錦 / 魯質軒輯. -- 台三版. -- 臺北市 : 中華書局, 2018.07
面 ; 公分. -- (中華語文叢書)
ISBN 978-957-8595-47-7(平裝)
851.4415　　107008008


*NO.H2052*
*ISBN 978-957-8595-47-7*（平裝）

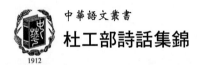